UN DÉMON ET SA SORCIÈRE

BIENVENUE EN ENFER

EVE LANGLAIS

Copyright © 2021 Eve Langlais

Couverture réalisée par Dreams2Media © 2021

Traduit par Adeline Nevo et Valentin Translation

Produit au Canada

Publié par Eve Langlais

http://www.EveLanglais.com

ISBN livre électronique: 978-1-77384-2837

ISBN livre papier : 978177384 2844

Tous Droits Réservés

Ce roman est une œuvre de fiction et les personnages, les événements et les dialogues de ce récit sont le fruit de l'imagination de l'auteure et ne doivent pas être interprétés comme étant réels. Toute ressemblance avec des événements ou des personnes, vivantes ou décédées, est une pure coïncidence. Aucune partie de ce livre ne peut être reproduite ou partagée, sous quelque forme et par quelque moyen que ce soit, électronique ou papier, y compris, sans toutefois s'y limiter, copie numérique, partage de fichiers, enregistrement audio, courrier électronique et impression papier, sans l'autorisation écrite de l'auteure.

PROLOGUE

Il y a bien bien longtemps...

Je vais mourir.

Et de manière douloureuse qui plus est. Elle n'avait vraiment pas imaginé passer la journée ainsi ; un peu de jardinage peut-être, concocter quelques remèdes, batifoler avec son amant... mais être carbonisée sous le regard enthousiaste des villageois ? Ce n'était absolument pas prévu à son planning.

Ysabel tira sur la corde qui l'attachait au piquet, l'esprit embrumé par l'incompréhension. En se réveillant ce matin-là et en s'acquittant de ses tâches quotidiennes : nourrir les poules, ramasser leurs œufs, s'occuper de son jardin d'herbes aromatiques et autres corvées, elle ne s'était pas attendue à ce qu'une foule s'abatte sur elle en criant : « Brujería ! Sorcière ! »

Qu'ils soient au courant n'était pas une surprise. Elle n'avait jamais vraiment caché ses dons de guérisseuse. De plus, le village tout entier bénéficiait de ses concoctions en échange de denrées qui lui étaient nécessaires. Du jambon fumé en échange d'un traitement pour la goutte, du fromage pour un onguent soignant une peau gercée, et des philtres d'amour par dizaine pour les jeunes filles et leurs mères pleines d'espoir. Un commerce lucratif pour une femme qui n'avait ni mari ni père pour s'occuper d'elle. Quant à son qualificatif de sorcière dont elle était parfaitement au courant, elle ne s'en offusquait pas. Elle était fière de cet héritage transmis génération après génération par les femmes de sa famille. En revanche, ce qui la choqua dans les cris appelant à l'attacher et la brûler, c'était la personne qui dirigeait la foule : Luysa, la mère de son amant.

Vêtue d'une lourde robe noire, elle repoussa sa mantille en dentelle de même couleur, et dévoila ses yeux brûlant de haine, ainsi que son sourire vicieux.

— Brûlez la sorcière ! cria-t-elle avec plus de force que les autres

Vieille bique ratatinée ! En voilà une qui n'était pas prête à couper le cordon ombilical avec son fils unique. Pourtant à vingt-trois ans, Francisco avait largement dépassé l'âge de se ranger et de fonder une famille. Une famille qu'il lui avait promis de construire avec elle. À cause de sa mère stricte et des commérages du village, ils s'étaient rencontrés en cachette jusqu'à présent, mais Francisco lui avait promis d'annoncer bientôt son intention de l'épouser. Elle était impatiente, mais à présent, confrontée à sa mère en furie, elle se demanda s'ils n'auraient pas dû en parler plus tôt.

Ysabel ne se débattit pas beaucoup. Pourquoi s'en donner la peine alors qu'il était impossible d'échapper à la foule venue la chercher ? Elle se laissa donc faire, les yeux et l'esprit fermés à leurs railleries vicieuses, alors qu'ils l'entraînaient à la périphérie des habitations où les villageois à l'esprit étroit étaient en train d'ériger un poteau et d'empiler des ronces et des branches. Pourtant elle ne paniqua pas, même lorsqu'ils l'y attachèrent : Francisco, son amant aux yeux noirs et aux cils épais, allait la secourir. Il avait manifestement parlé à sa mère de leur amour, et celle-ci avait temporairement perdu l'esprit... et son sang-froid. Pourtant, Ysabel était persuadée que son amour viendrait à sa rescousse. Leur engagement mutuel prévaudrait sur le désir des villageois d'exécuter une sorcière comme l'exigeaient l'église et les chefs religieux à Rome.

Alors que la foule continuait d'empiler de quoi allumer un feu autour d'elle, et que le soleil entamait sa descente, signalant la tombée de la nuit imminente, Ysabel s'accrocha fermement à cette pensée tandis que la première torche approchait. La flamme vacillante dansait dans la brise légère. Malgré la situation, la scène presque pittoresque lui rappela les nombreux feux de joie auxquels elle avait assisté en compagnie de ces mêmes gens, aux récoltes et aux solstices. Bien sûr, personne n'était attaché au bûcher à ces occasions.

Quelle veine !

Parcourant les visages impatients, le premier frisson d'appréhension la gagna en ne voyant pas son amant. *Il a sûrement eu vent de ce qui m'arrive ?* Peut-être avait-il prévu un grand sauvetage au dernier moment comme les héros chantés par les bardes. *Comme c'est romantique.*

Alors que les derniers rayons de soleil disparaissaient et que le crépuscule tombait doucement, un silence s'abattit sur la foule suspendue à la bouche de Luysa. Un sourire de triomphe sur le visage, elle s'avança et leva la main avant de prendre fermement la parole pour prononcer un discours haineux d'une telle bassesse qu'Ysabel eut peine à en croire ses oreilles.

Et c'est cette femme qui a donné naissance à mon doux Francisco ?

— Cette sorcière des plus impies doit mourir. Elle pratique sans vergogne son métier obscur parmi nous.

Tout autour, les têtes se mirent à acquiescer.

Incroyable.

Je pratique mon art pour soigner les maladies et aider à la cicatrisation des plaies infectées, songea Ysabel avec incrédulité.

Qu'ils viennent un peu frapper à sa porte au beau milieu de la nuit à l'avenir, les traîtres !

— Elle utilise sa magie sur nos jeunes gens afin de les forcer à s'adonner à ses activités diaboliques et impudiques.

Les sourcils d'Ysabel s'arquèrent.

C'est amusant, mais c'est ton fils qui m'a enivrée la première fois qu'il a remonté mes jupes et m'a séduite. Bien sûr, j'ai aimé, mais je ne l'ai forcé à rien du tout.

— L'église dit : « tu ne laisseras pas vivre une sorcière ». Je déclare donc au nom de Dieu et de tout ce qui est saint que la sorcière doit mourir ! s'écria Luysa dans une envolée lyrique qui fit voler des postillons dans tous les sens.

Ysabel leva alors le regard et sourit. Francisco était enfin arrivé.

Je savais qu'il viendrait me sauver. Prends ça, vieille carne hargneuse.

Grand, brun et beau, il semblait tout droit sorti

d'un conte de fées, le genre d'histoire que sa grand-mère lui racontait quand elle était enfant. Un vrai héros, venu sauver sa demoiselle de la méchante sorcière. Même si dans ce cas précis, c'était la sorcière qu'il devait sauver de la méchante future belle-mère.

Francisco se fraya un chemin à travers la foule jusqu'à sa mère et le bûcher sur lequel se tenait Ysabel. Ses yeux sombres se posèrent un instant sur elle, et un frisson d'appréhension parcourut la jeune femme : elle n'avait vu aucune colère dans son expression, aucune crainte à l'idée de la voir si près de la mort. Elle comprit alors la vérité, et elle n'était pas jolie à voir.

Je vais brûler et il ne fera rien pour me sauver.

L'incrédulité lui fit oublier la foule qui l'observait avec avidité.

— Francisco, dis à ta mère que je n'ai rien fait pour t'envoûter. Explique-lui que nous nous aimons.

Elle ne voulait pas le supplier, mais elle ne pouvait se résoudre à croire que l'homme froid qui se tenait en face d'elle était ce même amant qui lui murmurait de si douces promesses.

Il ne dit rien, et face à son silence sa mère se tourna vers Ysabel avec un air de triomphe.

— Tu mourras pour tes péchés, sorcière.

Une torche allumée fut passée à la harpie, qui la tint un moment en l'air.

— Brujeria ! cria-t-elle. Brûle, créature impie.

Puis elle abaissa le tison flamboyant et l'amadou s'éclaira aussitôt.

La panique s'empara d'Ysabel alors que le désespoir de sa situation s'imposait à elle. Enfin, elle se mit à lutter contre les liens qui la retenaient, mais en vain.

Saleté de Pedro et son talent à nouer les cordes. Le crépitement des flammes grandit, stimulé par la bière qu'Alvaro renversa accidentellement sur le bûcher.

Pire que la vue de l'incendie qui s'étendait, c'était la chaleur grandissante et la fumée noire qui s'élevait et qui lui entrait dans les poumons. Elle se mit à tousser alors que des larmes se mirent à couler de ses yeux irrités.

De la sueur perlait sur son visage alors qu'elle luttait frénétiquement pour se libérer. Ses simples sortilèges et charmes de guérison ne faisaient pas le poids face à ce feu.

Le regard fou, elle scruta la foule, s'attendant à ce que quelqu'un s'avance et lui vienne en aide en criant au scandale. Mais ils se contentèrent de regarder les flammes se rapprocher, certains avec une fascination morbide, d'autres avec une allégresse malsaine. Elle croisa le regard de Francisco et cette fois, il ne se détourna pas. Elle le supplia du regard qu'il la sauve, qu'il comprenne. N'importe quoi, une quelconque réaction de la part de l'homme qui lui avait assuré être prêt à tout pour elle : gravir la plus haute montagne, défier les souhaits de sa famille, faire tout son possible pour son amour.

Des mensonges. Tout n'était que mensonges, comprit-elle enfin en voyant qu'il ne broncherait pas. Le feu se mit à monter plus haut, léchant le bas de sa jupe et lui rôtissant les orteils. Il ne montra aucun signe de remords en la regardant brûler.

La fureur s'empara d'elle, plus brûlante que les flammes qui lui léchaient le corps.

— Bastardo, cracha-t-elle. Tu t'es servi de moi ! Tu

m'as trahie comme un lâche. J'ai hâte de te voir en enfer. Je vous verrai tous en enfer.

Elle ferma les yeux et commença à chanter, une prière maléfique qu'elle n'aurait jamais pensé utiliser un jour. Un dernier recours que sa grand-mère lui avait enseigné, mais dit d'oublier aussitôt. Une promesse au Seigneur des Ténèbres – une promesse qui ne sauverait pas sa vie de mortelle, mais lui permettrait de se venger de ceux qui l'avaient trahie. La plus sinistre, la plus puissante des malédictions franchit ses lèvres.

Alors que les flammes s'enroulaient autour de ses pieds, la brûlant et lui extirpant des cris d'agonie, elle donna sa vie et son âme aux Enfers en échange de sa vengeance. Elle offrit au Diable, qu'elle vénérait en cachette, tout ce qu'elle possédait : sa vie, son âme, son dévouement. Il pouvait tout avoir à condition qu'elle puisse emporter avec elle Francisco, sa mère et tous ces villageois réjouis qui se comportaient comme des moutons. Son rire qui s'éleva à la fin du sortilège ressemblait plus à une toux étouffée, mais heureusement, Lucifer déchiffra ses paroles et exauça son souhait.

Elle aurait mieux fait de lire les petits caractères…

1

Des siècles plus tard...

— Stupide maudit diable avec ses saletés de clauses, grommela Ysabel en se dirigeant d'un pas lourd vers le bureau de son Seigneur.

Elle s'était mise à jurer dès qu'elle avait reçu sa convocation impérieuse : autrement dit, sa voix sortit des murs lui ordonnant de remuer son petit derrière. Seigneur des Enfers ou non, l'homme était vraiment un emmerdeur. Ne savait-il donc pas qu'elle était trop occupée par des tâches bien plus importantes, comme se couper les ongles ou se laver les cheveux, pour passer son temps à accourir à la moindre sommation ? De plus, d'après les termes du contrat qu'elle avait accepté de signer – dans son sang encore grésillant – il y a plus de cinq cents ans, sa période d'emploi comme assistante personnelle était presque écoulée. La liberté lui faisait signe au coin de la rue et elle était impatiente, même si elle n'avait pas la moindre idée de ce qu'elle ferait de tout son temps libre. Pas question de jardiner dans la fosse, et l'idée de vivre parmi la population la faisait frémir. Que lui restait-il ?

Peu importe. Elle se trouverait bien un passe-temps. Le gros avantage serait qu'elle n'aurait plus à répondre aux demandes incessantes du diable.

Encore quelques jours et je serai libre.

Bien sûr, Lucifer se fichait de savoir si leur contrat touchait à sa fin. L'homme prenait un plaisir sadique à la provoquer et à lui rappeler qu'elle avait accepté de son plein gré d'être son esclave personnelle en échange de sa vengeance. Heureusement, son idée des corvées s'arrêtait au genre subalterne ; répondre au téléphone, classer la paperasse, les relations clients – alias âmes damnées. En d'autres termes, ça restait du travail de bureau. Un petit prix à payer en échange d'une punition éternelle pour ceux qui avaient directement pris part à son meurtre. La vengeance avait un goût délicieusement doux.

Ses talons claquant sur le sol en ardoise –, car Lucifer, coincé au moyen-âge, s'accrochait comme une sangsue au thème donjon/château médiéval – elle se dirigea vers la salle du trône où le Seigneur des Enfers aimait diriger ses sujets, ou comme Ysabel aimait les appeler, ses déchets du paradis.

Quand une personne mourait, si elle avait vécu une vie absolument pure et sans péché, même le plus petit, elle allait au paradis. Mais il suffisait de glisser à la frontière du mal, ne serait-ce qu'en blasphémant une seule fois, et vous étiez foutu, voué à une vie éternelle d'âme damnée.

Bienvenue en enfer, où les conditions de vie allaient bien au-delà du surpeuplement, des emplois nuls et des salaires encore pires. C'était comme vivre... eh bien, en enfer.

Mais tout cela : les rues jonchées de cendres, les bidonvilles, et les désagréments de la Fosse, n'étaient rien comparé à Lucifer, le pire salopard en matière de patron. Il donnait un nouveau sens au terme harcèlement sexuel. Mais Ysabel avait réussi à le guérir de sa manie de lui peloter les fesses en portant une jupe tressée de minuscules éclats d'argent... Avait-elle oublié de mentionner qu'ils étaient bénis ?

Ça lui avait coûté une fortune, car elle avait dû les faire passer en contrebande depuis le plan terrestre. Mais le résultat avait été à la hauteur de chacune des pièces dépensées quand le Prince des Ténèbres – vêtu de sa stupide cape de Dark Vador – s'était mis à beugler et à sauter dans son bureau en secouant sa main.

La vidéo qu'elle avait prise et menacée de publier sur HellTube l'avait aidée à obtenir une suite privée dans l'aile ouest du château. Calme et tranquillité au...

— Ysabel ! hurla Lucifer en la faisant grimacer. Je sais que tu es là, femme ! Arrête de tester ma patience et ramène tes fesses ici pour que je puisse t'expliquer avant que ça se produise.

Expliquer quoi ?

Elle passa devant la réception en faisant un signe de la main à la secrétaire ratatinée, et ouvrit la porte massive du bureau. Ses talons claquèrent contre le sol alors qu'elle s'avançait vers son patron, qui faisait les cent pas devant un énorme bureau sculpté. Il convient de noter que le magnifique meuble avait été sculpté dans l'os d'une créature dont l'espèce s'était éteinte – du moins, elle l'espérait étant donné la taille démesurée de la mâchoire. Comme toujours, des dossiers de toutes épaisseurs et de toutes couleurs recouvraient la surface en ivoire brillante du bureau.

Génial. Encore plus de classement à faire. On dirait que je vais travailler tard ce soir.

Le commerce de la vente d'âme explosait, ce qui signifiait davantage de travail et aucune augmentation.

J'aurais dû rejoindre le syndicat des sbires.

— Il était temps que tu viennes, commenta Lucifer en se tournant vers elle.

Elle attendit qu'il la passe en revue comme d'habitude, et que ses yeux s'attardent sur ses seins avant de descendre plus bas. Bien sûr, elle aurait pu gâcher son plaisir en portant un vêtement de nonne, mais elle trouvait plus de plaisir à lui montrer ce qu'il n'aurait jamais. D'ailleurs, diable ou pas, une femme aimait qu'un homme la trouve attirante. Elle prit donc appui sur une hanche et attendit qu'il termine.

Le regard du diable descendit sur ses pieds et son front se plissa.

— Euh-oh. Tu devrais peut-être retirer tes pompes hors de prix.

— Pourquoi ? demanda-t-elle en regardant ses chaussures aux talons ridiculement hauts et ornés d'un œil violet, vert et bleu, censé ressembler à des plumes de paon.

Elle se moquait éperdument que ses orteils la fassent souffrir ou de ne pas avoir le genre de cuisses minces exigées pour ce genre de chaussures. Elle s'était découvert un fétichisme pour les souliers durant le XVIIIe siècle, probablement parce qu'elle avait passé la majeure partie de sa vie de mortelle pieds nus. Sa collection en comptait à présent plus d'une centaine, et la paire qu'elle portait en ce moment était fabuleuse, volée du cadavre de sa star de cinéma préférée. Là encore, cela lui avait coûté une somme exorbitante pour pouvoir faire passer l'article en contrebande, mais de son avis, elles en valaient réellement le prix.

— Tu ne me diras pas que je ne t'ai pas prévenue, marmonna-t-il d'un ton énigmatique.

Cela commença par un chatouillement au niveau des orteils qui se transforma en une démangeaison brûlante. Elle déplaça son poids d'une jambe à l'autre, remua ses doigts de pieds, mais rien n'y fit. Soudain, ses pieds s'enflammèrent, et malgré son sang-froid habituel, Ysabel se mit à hurler, ce qui n'était pas très féminin.

— Qu'est-ce que tu fais à mes pieds ?

Après les pieds, les flammes montèrent plus haut le long de ses jambes nues, s'accrochant à sa jupe courte et blanche – une couleur portée pour agacer son patron – puis à son chemisier magenta en soie. Engloutie de la tête aux pieds et changée en torche vivante et hurlante, ses cauchemars sur sa mort se ravivèrent.

Merde ! Elle avait revécu cet horrible moment durant des centaines d'années avant de réussir à se dominer et à l'enfouir au plus profond d'elle. Et voilà qu'en quelques secondes de combustion, encore une fois vivante, tout lui remontait à la surface.

— Merde, putain, bâtard, enfoiré...

La liste des injures continua de s'allonger, car

malgré son nouveau look tout en feu, elle resta consciente durant tout ce temps. Pire encore, même si son corps ne présentait aucune trace d'ampoules ou de peau calcinée, la douleur était aussi atroce que dans ses souvenirs.

Une mousse blanche la fit taire en la frappant en plein visage. Puis, la même fraîcheur apaisa le reste de son corps et étouffa les flammes. Cela n'enlevait pas la douleur, mais au moins elle n'était plus en feu. Elle ne pouvait pas en dire autant de son humeur : si sa fureur galopante demeurait contenue, c'était uniquement parce qu'elle était aveuglée et qu'elle ne pouvait voir l'objet de sa colère. Et aussi par peur d'ouvrir la bouche et de goûter à ce produit chimique utilisé pour l'éteindre.

— Tends la main, ordonna Lucifer.

Pour une fois, elle s'exécuta sans rechigner, et sentit un chiffon tomber dans sa paume. Après s'être essuyé le visage, elle ouvrit les yeux et fixa le Seigneur des Enfers.

Pour ceux qui ne l'avaient encore jamais rencontré, – mais qui finiraient probablement par le faire un jour, car il y avait de fortes chances de pécher – celui que tout le monde craignait ressemblait à un homme d'affaires ordinaire : grand, dans les un mètre quatre-vingts, avec une silhouette carrée et des cheveux noirs argentés aux tempes. Si on faisait abstraction des flammes orange diaboliques qui brillaient dans ses yeux, il avait presque l'air inoffensif. Jusqu'à ce qu'il sourie. Comment pouvait-il transformer quelque chose de si innocent qu'une simple courbure des lèvres en quelque chose d'aussi maléfique ? Elle l'ignorait malgré tous ses efforts le soir devant le miroir pour l'imiter. Elle avait beau essayer, impossible de rendre ses pommettes et ses fossettes sinistres.

— Qu'est-ce qui vient de se passer ? demanda-t-elle d'une voix tendue.

— Tu étais en feu, répondit-il calmement avant de retourner à son bureau.

Il ne fallut que quelques secondes à Ysabel pour dominer sa furieuse envie de lui lancer une malédiction. Pas parce qu'il valait mieux garder son sang-froid, mais parce que ce crétin était entouré d'un bouclier anti-sorts, un peu comme les enfants qui vous narguaient en disant : « c'est celui qui le dit qui l'est ! ». À part « *aïe* », elle ne pouvait pas dire grand-chose.

— D'accord, oh, roi de l'observation, j'étais en feu. Veux-tu me dire pourquoi ?

Lucifer remua des papiers sur son bureau alors qu'elle se dirigeait vers lui d'une démarche cahin-caha sur ses talons cassés et dégoulinante de mousse d'extincteur. Baissant les yeux sur elle-même, elle hurla :

— Je suis nue !

— Oui, j'ai remarqué. Très beaux seins au fait. Ai-je mentionné que tu devrais te trouver des vêtements ignifuges ?

Les yeux plissés, elle tendit le doigt.

— Tu. Vas. M'expliquer. Ça. Tout de suite ! Et donne-moi des putains de vêtements sinon Seigneur des Enfers ou pas, je t'arracherai les yeux pour te les enfoncer là où le soleil ne brille jamais.

Elle comprit qu'elle était allée trop loin en voyant son corps se dilater et de la fumée s'échapper de ses oreilles.

— Ça suffit ! rugit-il avec une puissance qui fit

trembler la pièce et virevolter la poussière. Je suis peut-être forcé de supporter ce genre d'attitude de la part de ma fille, mais bon sang, toi tu travailles pour moi !

— Plus pour longtemps, marmonna-t-elle nullement intimidée.

Lucifer criait beaucoup. Il torturait et tuait également à volonté, mais elle avait appris au fil des ans qu'il respectait les gens qui avaient du cran. Bien sûr, il ne la respectait qu'en privé. En public, elle s'inclinait intelligemment et se pliait comme tous ses serviteurs. Il avait une réputation à défendre après tout. Elle savait que certaines lignes ne devaient pas être franchies. Mais seule... elle se laissait faire par personne. Curieusement, elle avait l'impression qu'il aimait son attitude fougueuse.

— À propos de la résiliation de ton contrat... nous avons un léger problème.

Il claqua des doigts, et grâce à une sorte de magie qu'elle n'avait pas encore réussi à déchiffrer, ses restes de vêtements brûlés, la mousse et tout ce qui concernait sa mésaventure disparurent, y compris la douleur persistante. Elle se laissa tomber sur une chaise, soulagée sans vouloir le montrer, et heureuse de la robe qu'il avait fait apparaître pour cacher son corps. L'exhibitionnisme était réservé à ceux qui allaient régulièrement à la salle de sport.

— Quel problème ? Nous avons signé un accord, Lucifer. En échange de mon âme et de cinq cents ans de service, tu devais condamner tous ceux qui ont participé activement à mon exécution, à une éternité de souffrance en Enfer. C'est simple comme bonjour, et selon mon contrat, ces cinq cents ans se terminent mardi prochain.

— Sauf que nous avons eu une évasion de prison.

— Et qu'est-ce qu'une évasion de prison a à voir avec mon contrat ?

— Accroche-toi à ta culotte que je t'explique. Oh, attends, tu ne portes plus de culottes, ajouta-t-il en la lorgnant.

Elle grogna et il poussa un soupir.

— Tu n'es vraiment pas drôle, murmura-t-il en passant la main sous son bureau.

Il en sortit un objet qu'il laissa tomber sur la table ; un épais dossier vert étiqueté sans surprise à son nom. Esclave du boss ne voulait pas dire qu'elle avait changé et s'était transformée en souris docile une fois arrivée à la Fosse. Dans les cercles de l'Enfer, c'était chacun pour soi : homme, femme ou démon. Et après la façon dont son amant l'avait trahie, Ysabel s'accrochait comme un pitbull à sa liberté, n'hésitant pas à user de magie contre ceux qui se mettaient en travers de son chemin. Visiblement, le Seigneur gardait un œil vigilant sur ses manigances.

Lucifer ouvrit son dossier et par un autre tour de magie, qu'elle n'avait jamais réussi à maîtriser non plus, en sortit un parchemin jauni attaché par une mèche de ses cheveux qu'il trancha d'un coup d'ongle. Le papier se déroula alors sur plusieurs mètres, révélant ligne après ligne une écriture manuscrite serrée. Il l'aplatit sur son bureau et utilisa un presse-papier – les crânes de ceux qui avaient osé le défier – pour maintenir les coins. Ysabel se leva et se pencha au-dessus pour y jeter un œil. Elle vit sa signature : un « Y » géant – la seule lettre qu'elle savait tracer à l'époque –

écrite au sang, mais qui en séchant avait pris une couleur presque noire.

— Pourquoi est-ce que tu me montres ça ? demanda-t-elle.

— Lis-la sous clause quarante-neuf, paragraphe C, section VII.

Les lèvres d'Ysabel remuèrent à mesure qu'elle parcourait le document, une compétence qu'elle ne possédait pas au moment de la signature. À l'époque, elle avait fait venir quelqu'un d'impartial pour le lui lire, une puissante sorcière du nom de Nefertiti chez qui elle avait été apprentie après son arrivée. Mais la magie de Nefertiti – ses orgies sexuelles pour le pouvoir – ne l'attirait pas.

Curieusement, même si elle avait déjà lu des centaines de contrats pour d'autres âmes, c'était la première fois qu'elle lisait le sien. Cependant, plus elle avançait dans sa lecture, plus elle se fustigeait de ne pas avoir été plus attentive à ce qu'elle signait au lieu d'être uniquement concentrée sur la vengeance. Mais là encore, comment aurait-elle pu être impartiale avec les souvenirs de peau carbonisée et l'odeur de son propre corps en train de rôtir tel un poulet sur la broche ?

— Si je lis bien, dit-elle lentement en essayant en vain de maîtriser sa colère. Il est dit que si au cours de mes cinq cents ans de service, l'une des cinq âmes que j'ai maudite et envoyée en enfer parvenait à s'échapper, alors mon contrat ici serait prolongé jusqu'à ce que l'âme en question soit capturée.

— Continue de lire, répondit-il. Et, garde à l'esprit qu'il s'agit d'un contrat standard.

Le regard retournant au document, elle continua sa

lecture avant de s'emparer du presse-papier le plus proche et de le lui lancer à la figure.

— Abruti ! L'évasion concerne une des âmes que j'ai vouée aux souffrances éternelles, c'est ça ? Ce qui veut dire que je vais devoir revivre tous les jours le moment de ma mort jusqu'à ce que l'âme soit rattrapée, s'écria-t-elle avant de se lamenter : c'est injuste. Pourquoi est-ce que je devrais être punie ? Ce sont tes laquais qui ont été incompétents. Punis-les.

Lucifer pinça les lèvres et ses yeux lancèrent de tels éclairs qu'elle dût se rasseoir sur sa chaise tant son pouvoir faisait pression sur elle.

— Oh, ils sont en train de récolter les fruits de mon mécontentement, n'aie crainte. Mais assez parlé d'eux. Nous devons corriger cela. Si nous voulons être libérés l'un de l'autre d'ici une semaine, tu vas devoir te remuer.

— Moi ?

— Oui toi. Tu viens de lire le contrat. De la même manière que tu as maudit ces gens et envoyé leurs âmes vers moi lors de leur mort prématurée, à présent qu'ils ont disparu, c'est à toi de les ramener.

— Des âmes ? Tu es en train de me dire que tu en as perdu plus d'une ?

Le seigneur des Enfers prit un air penaud.

— Que veux-tu que je te dise ? Les bons serviteurs se font rares. Depuis les problèmes de ces dernières années avec Lilith et cette révolte, l'armée des démons n'a toujours pas récupéré ses effectifs. Et le royaume des mortels ne fait plus d'aussi bons soldats qu'avant. Ah, c'était la belle époque quand les Vikings parcouraient les mers et pillaient des villages entiers. Même ces fougueux Spartiates me manquent.

C'étaient des âmes qui avaient de la substance et des compétences.

Ysabel passa une main sur son front.

— Je n'arrive pas à y croire. C'est moi qui dois prendre feu tous les jours jusqu'à ce que j'aie rectifié ton erreur, et tu me sors des excuses et des souvenirs ? C'est à mourir de rire. Et comment suis-je censée retrouver et rattraper les évadés ?

— Ils sont cinq, et si tu les étiquettes avec cette épingle, dit Lucifer en faisant glisser une boîte métallique dans sa direction, ils seront automatiquement redirigés ici.

— Super ! J'ai donc un moyen facile de les renvoyer ici, dit-elle, sarcastique. Mais tu ne m'as toujours pas dit comment je suis censée les retrouver.

— Tu n'as donc pas une méthode de sorcellerie pour pister les gens. J'ai demandé aux gardes de m'envoyer des restes de leurs peaux. Bien sûr, je ne sais pas laquelle leur appartient étant donné que nous les avons prélevées sur les fouets après leur disparition, mais l'ADN reste le meilleur identifiant, ajouta-t-il en souriant.

Elle lui lança un regard noir et il poussa un grand soupir.

— Que veux-tu que je te dise ? Ce n'était pas fait exprès, je t'assure. Rien ne me ferait plus plaisir que toi et moi soyons débarrassés l'un de l'autre. Mais même *moi, je* ne peux pas rompre le contrat.

À cet égard, il disait la vérité. Si une personne prêtait serment aux Enfers et le signait ensuite de son sang, rien ne pouvait annuler le contrat tant qu'il n'était pas complètement rempli. Personne ne savait pourquoi, pas même Lucifer. Il y avait visiblement des pouvoirs plus hauts placés que ceux du Ciel et de l'Enfer.

— Et si je te disais d'aller te faire voir, et que les âmes restent libres ?

— Tu brûleras tous les jours au moment de ta mort, une minute supplémentaire par jour avec une douleur de plus en plus atroce.

— C'est tout ? demanda-t-elle, sarcastique.

— Non, dit-il d'un ton sérieux qui l'effraya davantage que ses paroles.

Lucifer parlait toujours en souriant – rictus diabolique, sourire malfaisant, regard provocateur. Tout compte fait, elle préférait ne pas entendre ce qui allait suivre.

— Si tu ne ramènes pas ces âmes, tu deviendras folle. Tu perdras l'esprit. Tu deviendras zinzin. Ça ne sera pas beau à voir. J'en ai déjà été témoin : c'est arrivé à la mère de Bambi. J'ai dû moi-même la jeter dans l'abîme. Tu as rencontré ma fille aînée, Bambi n'est-ce pas ? Celle qui a remporté le prix mondial de la plus Grosse Salope cinq années d'affilée.

Oui, elle la connaissait. Tout le monde connaissait Bambi. Les mâles voulaient tous prendre leur pied avec la succube la plus célèbre des Enfers, tandis que les femelles faisaient de leur mieux pour éloigner leurs hommes. Alors que le rappel du savoir-faire de Bambi dans un boudoir la fit frissonner, son allusion à l'abîme la glaça.

Ce que peu de gens sur Terre savaient, c'était que l'Enfer ne signifiait pas la fin de vie d'une âme damnée. Une fois qu'un mortel avait péché et qu'il se retrouvait en Enfer, il pouvait techniquement vivre pour toujours. Pas si mal après tout, n'est-ce pas ? Pas vraiment. Essayer de mener une existence dans le monde souterrain demandait beaucoup d'effort : logements pourris, emplois encore pires, sans oublier le fait de devoir tuer pour libérer de la place ou prendre la place de quelqu'un.

Bien que douloureuses, ni les blessures mortelles, ni la décapitation, ni aucune forme de torture imaginée, que Lucifer utilisait pour punir les plus méchants, ne pouvaient tuer les damnés. Une seule chose pouvait éliminer un esprit : les abysses.

Au centre même de l'Enfer, niché dans les spirales des neuf cercles, le grand trou béant était l'endroit où se rendaient les âmes lorsqu'elles surmontaient leur peur de la mort finale. Lorsque l'ennui de vivre jour après jour dans la fosse devenait insupportable ou qu'elles avaient expié leurs péchés, elles pouvaient enfin faire le pèlerinage vers les abîmes pour s'y jeter et renaître enfin à nouveau.

C'était du moins ce que disait la rumeur.

Les sorciers et les sorcières liés à Lucifer avant leur mort ne disposaient pas vraiment de leurs âmes. Et comme personne ne savait où Lucifer les conservait, l'incertitude prévalait. Il y avait de nombreux débats sur ce qui leur arriverait en sautant dans l'abîme. Ysabel, quant à elle, préférait ne rien savoir. Mais si la douleur devenait trop forte, ne changerait-elle pas d'avis ?

La tournure de ses pensées devait se refléter sur son visage, car Lucifer lui adressa un sourire paternel destiné à la rassurer.

— Je suis sûr que tu réussiras à les capturer avant de devenir folle. Et sinon, je connais un endroit qui vend des camisoles de force pour pas cher.

Ysabel se couvrit le visage de ses mains et gémit :
— Pourquoi moi ?
— Oh non, arrête ces niaiseries. Tu sais que je déteste que les femmes se mettent à pleurnicher. Restons factuels : tu dois rattraper ces âmes ou tu seras une sorcière très malheureuse, ce qui signifie également que je vais devoir t'écouter râler et te plaindre parce que tu continueras à travailler pour moi. Si je n'arrive pas à me débarrasser de toi, ça pourrait me faire perdre mon match de golf. Avec Terre-Mère qui visite ses bosquets pour son inspection printanière, je n'ai que peu de temps pour m'entraîner avant qu'elle revienne et insiste pour qu'on travaille sur notre relation de couple. Beurk, ajouta-t-il avec une grimace.
— C'est impossible, protesta-t-elle. Je ne sais pas comment tu veux que je trouve autant d'âmes à moi toute seule. Tu es sûr que ce truc de brûlure sera si horrible ?

En fait, rien que la mention la fit frissonner. Et c'était censé empirer ? Il fallait qu'elle retrouve ces âmes tout de suite.

— J'aimerais beaucoup t'aider, mais je manque de personnel, déclara-t-il avec un grand sourire carnassier qui criait : « mensonge. »
— J'ai une vidéo de toi en train de danser la Macarena.

Il fronça les sourcils.

— Je te déteste. Tu es comme mon autre satanée fille. Bon, si tu insistes. Je vais t'envoyer un traqueur, mais ça ne sera pas gratuit, dit-il avant de se rétracter face au sourcil arqué d'Ysabel : ou bien si. Maintenant, dégage.

— Dans une seconde. Dis-moi d'abord : cette incinération, combien de temps durera-t-elle chaque jour ?

— À 20 h 47 précise chaque jour, tu prendras feu.

— Au cas où tu ne l'aurais pas remarqué, il est 14 h 47 ou du moins, il l'était quand je suis entrée.

— Nous sommes à l'heure de l'Est ici, pas d'Europe centrale. Maintenant, comme je le disais, chaque jour à l'heure de ta mort, tu prendras feu et tu revivras ce moment. La combustion durera une minute le premier jour, et augmentera chaque jour d'une minute. Tout ce que tu porteras brûlera. Mais la bonne nouvelle, c'est que tes cheveux et ton corps resteront intacts. Tu ne feras que le ressentir. Et une fois les flammes éteintes, il faudra quelques minutes pour que la douleur s'estompe.

— Charmant, répondit-elle en grimaçant. Autre chose que je devrais savoir ?

— Eh bien, il va sans dire que si tu te rends dans le monde des mortels pour rechercher les évadés, fais-toi discrète. Les autorités humaines pourraient légèrement paniquer en te voyant prendre feu et repartir comme si de rien n'était.

— Je suppose que je vais devoir me procurer des vêtements pratiques, marmonna-t-elle avec une moue dégoûtée avant de se lever de sa chaise et ajouter : envoie ton traqueur chez moi dans environ six heures. Je veux commencer tout de suite.

— Bonne chance, répliqua doucement le diable, et si elle avait été dupe, elle aurait pu le croire sincère.

Non. Probablement embêté à l'idée qu'ils puissent rester coincés ensemble après la date d'expiration de son contrat.

Pas si elle pouvait empêcher ça !

Mais d'abord, elle devait s'acheter des vêtements ignifuges compatibles avec la chasse aux âmes. Heureusement, le ciel était sa limite, car elle avait piqué la carte de crédit de son patron, et elle avait toute une chambre d'ami prête à accueillir les vêtements supplémentaires.

2

Remy se dirigea en sifflotant vers le bureau de Lucifer. Être convoqué chez le patron ne pouvait signifier que deux choses. Soit il avait des ennuis –, mais comme il n'avait couché avec aucune des filles de son Seigneur, c'était improbable –, soit il allait se voir confier une mission spéciale. La deuxième option lui convenait parfaitement, car il venait de rompre avec plusieurs petites amies, principalement parce qu'elles avaient découvert les existences des unes et des autres.

Les femmes… Elles pouvaient agir de manière si irrationnelle lorsqu'il s'agissait de le partager. Ne savaient-elles donc pas qu'il avait assez d'endurance pour les satisfaire toutes ? Oui, mieux valait rayer cet argument de sa liste. Aucune n'avait aimé, et ce malgré son sourire engageant en le disant. Pendant que sa seule amie – une démone blonde torride qui pouvait aspirer une balle de golf à travers un tuyau d'arrosage – jetait ses vêtements par la fenêtre comme un tas d'ordures, il avait réalisé que le moment était peut-être venu pour lui de se concentrer sur une seule femme à la fois. Le frisson de la variété de minous, chose à laquelle il ne faisait que penser plus jeune, avait fini par se dissiper.

Surprenant, je sais.

Il n'aurait jamais cru que ça arriverait un jour. Mais il avait fini par réaliser que toutes les femelles se ressemblaient finalement ; que ce soit pour lui plaire, crier et le rendre fou. Alors, pourquoi continuer à se donner la migraine en jonglant avec plusieurs femmes ?

Il pourrait même se ranger avec une partenaire chanceuse et avoir un ou deux petits démons. L'idée le fit souffler.

Ne nous emballons pas.

Décider de coucher avec une femme à la fois était déjà pas mal – à cent quatre ans, il était encore jeune pour songer à fonder une famille, même si beaucoup de ses amis semblaient avoir sauté le pas… et avec joie en plus.

Remy ne pouvait s'imaginer mener une vie rangée, car s'il était largement accepté qu'un démon célibataire se divertisse avec plusieurs femmes chanceuses à la fois, quand il décidait de fonder une famille et se marier selon leurs coutumes, l'infidèle n'était plus envisageable, et cela au risque de mettre en péril ses bijoux de famille. Les épouses démones étaient très strictes sur la question de l'adultère et, encouragées par d'autres épouses, et même les mères, elles veillaient à ce que les hommes ne franchissent jamais cette ligne, sinon… Sachant cela, il trouvait incompréhensible qu'un homme puisse choisir de se mettre en couple.

C'est probablement une sorte de folie qui les saisit lorsqu'ils atteignent un certain âge. Ou bien un sort.

Heureusement pour lui, Remy avait une résistance aux attaques magiques sur sa personne.

Arrivé au secrétariat de Lucifer, il donna son nom à la vieille bique ratatinée assise derrière le bureau. Laide, vieille, difforme et dégageant une odeur étrange, la rumeur disait que Gaia l'avait choisie en personne pour ce poste après que la dernière secrétaire de Lucifer était venue travailler une fois de trop en blouses transparentes, sans soutien-gorge bien sûr. Aux dernières nouvelles, la Bimbo blonde, qui aimait chevaucher avec fougue les démons mariés, était en corvée de latrines à la prison pour femmes. Mieux valait ne pas énerver la petite amie par intermittence de son Seigneur.

Je me demande si je pourrais lui demander s'il compte poser la question à sa bonne femme.

Un grand nombre de paris circulaient actuellement dans les neuf cercles sur le moment où leur Seigneur aurait enfin le courage de demander Gaia en mariage. Remy avait misé plusieurs chèques de paie sur la date du 13 août 2013, une date qui approchait à grands pas, sans qu'aucun bijoutier n'ait encore revendiqué le mérite de la conception d'une bague de fiançailles.

Alors qu'il attendait d'être admis dans le sanctuaire intérieur de son Seigneur, il regarda autour de lui, et nota la porte fermée avec la plaque en doré et en relief : « Assistante de Satan », et gravé en dessous « Allez-vous-en ». Avec ce genre d'attitude accueillante, il s'estimait chanceux de ne jamais avoir eu affaire à la fameuse responsable des relations des âmes de son patron. Il avait entendu les termes mégère, sorcière, salope, ainsi qu'une liste complète d'autres adjectifs pas très gentils circuler pour décrire cette femme zélée chargée de s'occuper des contrats de l'Enfer. Mais, celle qui faisait trembler les criminels les plus endurcis de la fosse ne s'occupait que des âmes damnées, pas des démons. Donc par chance, il n'avait jamais eu à rencontrer la harpie manifestement laide et dotée d'une personnalité pas si brillante et dont tout le monde parlait.

En entrant dans le bureau de son Seigneur, il se mit au garde-à-vous.

— Démon de première classe, Remy Crafir, au rapport, monsieur.

— Repos, soldat.

Comme si, se dit Remy presque à voix haute. Seuls les démons suicidaires se détendaient en présence du grand patron. Celui-ci, vêtu de sa tenue de travail habituelle, tambourinait son énorme bureau des doigts.

— Depuis combien de temps travailles-tu pour moi maintenant, soldat ?

Question étrange puisque Lucifer le savait déjà.

— Depuis la dix-huitième année de ma naissance, monsieur.

— Et tu as...

— Cent quatre ans, monsieur.

Et à mon apogée, songea-t-il en bombant le torse de peur que son patron le croie vieux.

— Tu as affronté beaucoup de danger, j'imagine, durant tes fonctions.

— Monsieur ?

— Je me parle à moi-même. Je sais ce que certaines étaient en partie à ma demande directe. Tes commandants ne disent que du bien de toi. Sanguinaire, résolu, consciencieux. Et un vrai bourreau des cœurs.

Qui pouvait s'empêcher de sourire en voyant le Seigneur de la Fosse vous adresser un rictus de connivence spontané ?

— As-tu déjà songé à te ranger, soldat ? demanda Lucifer en se penchant en avant et joignant le bout de ses doigts.

— Excusez-moi monsieur ?

— T'installer avec une femme. Faire des enfants. Ta mère avait à peu près ton âge quand elle t'a eu.

— Monsieur, avec tout le respect que je vous dois, elle est un peu folle. Et sa décision de choisir un humain comme géniteur n'était pas vraiment judicieuse.

— Tu as un problème avec le fait de n'être qu'à moitié démon, soldat ? Mon fils est un demi-démon.

Oh merde, il avait insulté son Seigneur.

— Si je suis content de n'être qu'un demi-démon ? demanda Remy.

Voyant que son patron ne le décapitait pas, mais continuait de le fixer en attendant une réponse, il réfléchit rapidement.

— Il y a beaucoup d'avantages à être un demi-démon. Je, hum, je peux utiliser ma magie dans le monde des mortels.

Au hochement de tête encourageant de Lucifer, il continua :

— Ma durée de vie est semblable à celle d'un démon à part entière.

Mais sa peau était plus fine, donc plus sujette aux blessures, ce qui était nul.

— Je guéris vite. Je suis fort. Je suis insensible au feu.

Un trait hérité de sa mère, un démon de feu au sang presque pur.

— Et tu n'es pas laid contrairement à la plupart de mes démons de race pure. Tout va bien, soldat, ce n'est pas un secret. Les démons qui s'accouplent ensemble ne produisent pas toujours les plus beaux bébés.

— Si vous le dites, monsieur.

— Je le dis, et si les rapports que j'ai lus à ton sujet sont exacts, je dirais que les dames sont également de mon avis, ajouta-t-il avec un clin d'œil. Mais passons à la vraie raison de ta présence ici. J'ai une mission spéciale à te confier, soldat.

— Tout ce que mon seigneur commande.

— Bien sûr. Mais, quand même, je sens que je devrais t'avertir : ça va être dur. Pire que toutes les missions que je t'ai confiées. Tu devras ramener cinq âmes du royaume des mortels.

Du gâteau. Il pouvait le faire avec un bras attaché dans le dos.

— Considérez que c'est fait, monsieur.

— Attends, ça ne sera pas si facile. Malheureusement, les âmes en question sont tenues par une malédiction, donc même si tu pourras les traquer, une de mes employées devra se charger de les renvoyer en enfer. Tu devras l'aider.

— Elle ? Je dois m'associer avec une femme ?

L'armée de Lucifer comptait quelques démones parmi ses rangs, bien que personne n'ait osé les qualifier de féminines en face. Cependant, ce genre de soldat n'avait pas besoin de son aide. Alors, avec qui Lucifer comptait-il l'associer ?

— Oui une femme. Une mégère agaçante qui te rendra peut-être fou.

— Elle peut toujours essayer.

Après tout, si sa cinglée de mère n'avait pas réussi, il doutait que quiconque y parvienne.

— Oh, elle le fera, soldat. Je voulais juste t'avertir, même si ce n'est pas dans mes habitudes. Je préfère regarder les étincelles voler, mais cette fois, j'aimerais que cette servante réussisse. Et rapidement.

— Quand est-ce que je commence ?

— Pressé d'affronter ton destin ? J'aime ça chez un homme.

— Pourquoi attendre, monsieur ?

— Excellent. Tu commences tout de suite. Voici son adresse. Oh et un dernier conseil. Porte une coquille et garde tes mains dans tes poches.

— Pourquoi donc ? C'est une bombasse ?

Quel chanceux : une mission et un nouveau minou, le tout en une journée.

— C'est une sorcière de cinq cents ans qui déteste les hommes.

Super, coincé avec une harpie. Tant pis, il s'amuserait quand même puisque visiblement il devrait se rendre du côté des mortels. La plupart des âmes évadées avaient tendance à remonter à la surface dès que possible. Aucune raison de ne pas mélanger travail et plaisir.

— Considérez que c'est fait.

— Bonne chance, dit sobrement Lucifer. Tu en auras besoin.

Congédié, Remy fit un salut avant de tourner les talons et sortir du bureau de son patron. Tout en sifflotant le refrain d'une mélodie salace, il traversa le château de son Seigneur en se demandant qui était cette servante qui avait besoin de son aide et qui avait réussi à trouver une place tant convoitée chez le patron. En temps normal, Remy aurait immédiatement déduit que la sorcière couchait avec Lucifer, mais compte tenu de la description et des mises en garde de celui-ci, elle paraissait aussi pénible qu'une épine dans le cul, ce qui lui convenait très bien. Remy avait une grande expérience avec le cul... quand il s'agissait de les prendre bien sûr.

Quelques instants plus tard, il toqua à une porte massive et sculptée comportant, pour ceux qui étaient suffisamment instruits, les symboles suivants : « Restez à l'écart sinon ! » et reçut une belle surprise quand la porte s'ouvrit.

Coucou ma belle.

Pas plus haute qu'au niveau de ses épaules, une tignasse sauvage noire, des yeux marron et brillants et un corps voluptueux fait pour être idolâtré – par sa langue – Remy se demanda s'il pourrait convaincre la servante de le suivre dans un coin reculé pour un petit coup rapide avant de faire connaissance avec cette fameuse Ysabel. Puis la femme ouvrit sa bouche pulpeuse.

— Si tu as fini de rester bouche bée, tu devrais peut-être reculer avant que je te fracasse le nez en refermant la porte.

Visiblement, quelqu'un n'avait pas eu sa dose de sexe aujourd'hui. Mais ça pouvait s'arranger.

— Salut beauté, je dois voir la propriétaire de cette suite. Je suis ici pour rencontrer Ysabel, la sorcière.

— Vraiment ? dit-elle d'un ton moqueur en le parcourant de la tête au pied. Je ne crois pas non.

La porte lui claqua au nez.

Quoi ? Comment ça ?

Remy donna de grands coups à la porte qui se rouvrit immédiatement. La diablesse aux cheveux d'ébène lui sourit d'un air moqueur, les bras croisés sous ses seins généreux.

— Déjà de retour ? Qu'est-ce qui ne va pas ? Je t'ai vexé ?

— Écoute, femme, je ne sais pas ce qui se passe dans ta vie privée pour que tu sois aussi coincée, mais je suis ici pour voir Ysabel alors, débarrasse le plancher avant que je te mette sur mes genoux et…

— Et, quoi ? Que tu me donnes une fessée ? répliqua la coquine, les yeux brillant de défi. J'aimerais bien te voir essayer. Mais avant que tu le fasses, juste pour info, je m'appelle Ysabel. La fameuse sorcière.

Aaaaah, merde. Mais jamais du genre à se laisser démonter, Remy laissa un lent sourire se répandre sur son visage. Ça fonctionnait très bien sur les démones, les âmes damnées, les humaines et même les homosexuels, mais apparemment ça n'avait aucun effet sur les sorcières renfrognées. Dommage.

— C'est ton jour de chance. Lucifer m'a informé que tu étais ma prochaine mission.

— Pas par choix. Et qu'est-ce que tu es censé faire d'ailleurs ? J'ai besoin d'un traqueur, pas d'un gigolo. Que s'est-il passé ? Ton show de strip-teaseur n'a pas fonctionné ? Un problème avec la taille de tes attributs ? demanda-t-elle en laissant tomber son regard sur son entrejambe avant de ricaner.

Une envie soudaine et irrationnelle le prit de baisser son pantalon, de la retourner et de lui montrer qu'il n'y avait rien d'anormal avec la taille de son sexe. Il s'abstint cependant, mais il ne put s'empêcher de lui retourner son regard évaluateur et dédaigneux.

— Fais-moi savoir quand tu voudras mesurer ma queue… nue.

— Espèce de porc.

— Non, de démon. Fais un effort sur la terminologie, veux-tu ? D'après la mise en garde de Lucifer, je m'attendais à quelqu'un de plus vieux et plus méchant.

À sa décharge, il ne s'écroula pas par terre, mais la douleur qui fusa dans ses parties intimes l'obligea à se plier en deux pour les prendre, et par conséquent il se prit la porte en pleine figure. À nouveau. Et ce fut la goutte d'eau.

3

YSABEL S'ÉLOIGNA DE LA PORTE EN INJURIANT Lucifer et ses perpétuelles blagues. Lui envoyer en guise d'aide un mi-démon au visage d'Adonis musclé et à moitié nu... Elle avait besoin d'un cerveau, pas d'un...

Bang !

Sa porte – porte ensorcelée qui plus est – vola en éclats alors qu'il pénétrait chez elle les yeux rougeoyants, les muscles bandés et les lèvres tendues de colère. Les femmes seraient tombées en pâmoison devant cette démonstration de virilité. Ysabel cependant tint bon, mais ne put empêcher un picotement de la gagner. Il était vraiment beau, et même si elle savait que les hommes séduisants étaient les rebuts de l'humanité – euh, de l'enfer plutôt – elle admettait volontiers qu'elle lui aurait demandé son numéro si elle devait choisir un homme pour calmer une certaine démangeaison sexuelle.

Cette idée l'agaça. Elle ne sortait ni avec les hommes, ni les démons, ni qui que ce soit d'ailleurs.

Cachant l'intérêt inattendu manifesté par son corps, elle pinça les lèvres face à l'objet de son irritation.

Comme il ne semblait pas du genre à accepter un « non » pour réponse, elle changea de tactique. Il y avait plus d'une façon de faire fuir un mâle, et quand la méthode garce ne fonctionnait pas...

Elle pressa sa poitrine et écarquilla les yeux.

— Tu.... Tu as cassé ma porte.

— Un peu oui, gronda-t-il. Frappe-moi à nouveau dans les couilles et je...

Ysabel effaça une fausse larme.

— S'il te plaît, ne me fais pas de mal. Je suis désolée. C'est juste qu'un grand méchant démon comme toi a frappé à ma porte et m'a prise au dépourvu. Et Lucifer qui m'envoie dans cette quête effrayante... termina-t-elle.

Il tomba dans le piège comme un bleu. Son corps se détendit, son regard perdit son éclat furieux, et il lui offrit même un sourire viril qui lui causa les picotements les plus agaçants qui soient dans les parties intimes. Mais ce fut son « Désolé, poupée, je ne voulais pas te faire peur » qui la fit exploser.

Ça commença par un son étouffé qui se transforma en un véritable rire. Elle finit par se serrer le ventre en cédant au plus grand fou rire qu'elle ait jamais eu depuis des siècles. Et plus il se renfrognait, plus son rire s'intensifiait.

— Oh, haleta-t-elle entre deux éclats. Je n'arrive pas à croire que tu sois tombé dans le panneau. Crois-tu vraiment qu'une sorcière de mon calibre et de mon âge puisse être si faible ?

— Je me comportais en gentleman.

Elle émit un reniflement.

— Ah, parce qu'un gentleman frappe aux portes en s'attendant à ce que la personne à secourir remonte aussitôt ses jupes, et il se transforme en troll au moindre refus ?

— Troll ? Waouh, mets-toi au parfum, petite sorcière. On dit zob. Dans mon cas, on pourrait même dire gros zob.

— Attention, démon. J'ai rétréci des têtes plus grosses que la tienne, le menaça Ysabel en pointant son regard vers la zone située sous la boucle de sa ceinture.

— Sorcière, tu testes ma patience, gronda-t-il.

— Alors, pars d'ici.

— Je ne peux pas. Mon Seigneur Lucifer m'a ordonné de t'aider, et par tout ce qui est démoniaque en ce lieu, je le ferai, que cela te plaise ou non. Continue de t'opposer à moi et je te ferai crier, la culotte autour des chevilles.

— Ooh, quel grand démon ! Recourir au viol quand il n'obtient pas ce qu'il veut.

— Ha. Je n'ai pas besoin de forcer une femme. Je parlais de te donner une fessée sur mes genoux : la punition appropriée pour une femme qui agit comme une morveuse. Mais si tu préfères crier parce que je te fais jouir, dis-le-moi. Je suis sûr que tu pourrais me convaincre d'attendre un peu pour la punition. Surtout si tu te mets à genoux, nue.

— Tu es incroyable.

À plus d'un titre. Il semblait que sa beauté s'accompagnait d'une paire de balloches qui l'empêchaient de reculer, même face à une femme capable d'enchaîner plusieurs mots à la suite dans une seule phrase.

Je parie qu'il ne rencontre pas souvent des filles avec un cerveau.

Sûrement qu'il jugeait le QI d'une femme en proportion avec la taille de ses melons.

Et quel langage grossier ! Qui dit des choses ridicules comme « Je te ferai crier la culotte autour des chevilles » ? Encore plus effrayant, quelle femme stupide craquait pour ses répliques ringardes ?

Pas moi.

— C'est ce que me disent souvent mes copines, convint-il avec un clin d'œil.

— Et je parie que tu en as beaucoup avec ton métier de strip-teaseur. Comme je l'ai déjà dit, j'ai besoin d'un traqueur, pas d'un démon chippendale. Alors pourquoi n'irais-tu pas faire une lessive avec ton string en or pendant que je continue le travail ? Ne t'inquiète pas. Je ne dirai rien à Lucifer. Il pourrait essayer de me coller avec quelqu'un de pire, comme ton frère jumeau encore plus ennuyeux.

— Pas besoin de laver quoi que ce soit, petite sorcière, je préfère ne rien porter en dessous. Et bien que je sois flatté que tu me trouves assez attirant pour gagner ma vie en dansant, la vérité c'est que je suis un pisteur et un guerrier – sacrément bon d'ailleurs. Donc, si tu veux te débarrasser de moi, le moyen le plus rapide est que nous commencions.

Elle poussa un soupir.

— Tu ne comptes pas partir, n'est-ce pas ?

— Aucune chance. Alors, fais avec bouton d'or.

— Je commence vraiment à ne pas t'aimer.

— Tu sais ce qu'on dit : l'aversion s'apparente à la luxure.

— Ce n'est pas ça l'expression.

— Ça l'est dans mon monde. Tu ne seras pas la première à me dire que tu me détestes pour ensuite me déchirer mes vêtements et me chevaucher comme une cow-girl débridée la minute d'après.

— Tu rêves ! Dès que nous en aurons fini, je te taillerai les couilles et…

— Touche à mes couilles avec une intention nuisible et je te ferai jouer du trombone, l'avertit-il.

Interloquée, elle finit par demander :

— Qu'est-ce que ça veut dire ?

Un sourire énigmatique se posa sur les lèvres du démon. Le picotement s'intensifia au niveau du sexe d'Ysabel, et ses seins se mirent de la partie en se durcissant.

— Pourquoi ne pas les toucher pour le découvrir ?

— Espèce de porc.

— Je préfère le terme bête en rut. Maintenant, si nous en avons terminé. Sais-tu qui sont les cibles à chercher ?

Tout en lui lançant un regard noir et mauvais qu'il fit semblant de ne pas remarquer, elle désigna les dossiers que Lucifer avait fait livrer chez elle. Avachi sur son canapé, le demi-démon prenait beaucoup de place. Elle l'étudia alors qu'il s'emparait du premier dossier pour le lire, et se mordit la langue pour ne pas lui demander s'il avait besoin d'aide pour les mots savants. Elle ne comprenait pas pourquoi elle cherchait à tout prix à le contrarier, mais elle ne pouvait nier qu'elle prenait plaisir à leur joute verbale. La plupart des hommes avaient recours à la force brutale face à sa langue, certes vipérine, mais lui la désarmait par des mots et des insinuations. Le plus alarmant, c'était que ça marchait en partie.

Je parie que ça n'aurait pas été le cas s'il avait été moche.

Bien plus grand que ses un mètre soixante-cinq à elle, un corps bardé de muscles et une peau bronzée, il avait des cheveux bruns mêlés de reflets dorés, des yeux turquoise et des traits ciselés, ainsi qu'un nez fort et droit – surprenant, car avec une bouche aussi railleuse que la sienne, elle se serait attendu à ce qu'il se le soit fait casser plus d'une fois –, un menton carré, et des lèvres diaboliquement charnues qui se plissaient en ce moment dans un sourire.

— On apprécie la vue ? railla-t-il.

— Je décide quelle partie de ton corps découper en premier, répondit-elle. Au fait, tu as un nom ou je peux t'appeler « le connard » ?

— Tu peux m'appeler Remy, mais, quand tu mettras tes cuisses autour de mon cou, n'hésite pas à m'appeler Dieu. Ça rend le frère de Lucifer complètement fou, ce qui signifie de bons points pour moi.

Face à cette vision, Ysabel sentit un rougissement se frayer un chemin jusqu'à ses joues. Son corps nu s'enfonçant en elle… Bon sang, elle avait besoin d'une douche froide et de quelques minutes seule avec son vibromasseur.

— Tu es toujours aussi grossier ?

— Que puis-je dire ? répondit-il en écartant largement les mains avec un sourire radieux. Tu fais ressortir le meilleur de moi. Bien qu'à choisir, je préférerais enfoncer le meilleur de moi en toi, ajouta-t-il en lui faisant un clin d'œil.

Elle en resta bouche bée et sans voix, parcourut par une vague de luxure. Totalement inacceptable.

Alors qu'elle se dirigeait en claquant des talons vers la cuisine pour boire quelque chose – de préférence glacé pour faire baisser la fièvre qui tentait de prendre possession de son corps – elle s'interrogea sur son petit jeu. Tous les démons en jouaient un.

Certains tablaient sur la violence et le chaos, d'autres aimaient mentir et observer le désordre qui en résultait. D'autres encore aimaient brûler des choses, tuer, chasser, copuler. Tant que ça plaisait à Lucifer, ils continuaient. Si ça alimentait la partie sombre qu'ils possédaient tous, ils s'y adonnaient. Les démons n'étaient pas humains et ne possédaient donc pas le même sens moral et les mêmes contraintes qui régissaient le monde des mortels. Même les demi-démons comme Remy, qui paraissaient humains, avaient un noyau de mal et ne pouvaient s'en empêcher.

Ça ne voulait pas dire que tous les démons étaient des psychopathes malveillants et bellicistes – même si beaucoup l'étaient. Malgré leur amour du mal et du chaos, ces bêtes rusées pouvaient également aimer et se montrer dignes de confiance. Mais la plupart réservaient cet aspect de leur personnalité à ceux de leur espèce. Ils avaient peu de temps pour les damnés qui vivaient leur vie pitoyable dans les cercles de l'Enfer. En ce qui concernait les humains qui vivaient encore à la surface, ils les appréciaient en tant qu'animal de compagnie : un animal de compagnie fragile et de courte durée. Quant aux sorcières, morts-vivants et autres entités qui erraient dans les dimensions du Ciel, de l'Enfer et du vide entre les deux, ils se mélangeaient peu, et quand ça se produisait, il s'agissait principalement de satisfaire un besoin sexuel.

Un besoin qu'elle avait ignoré pendant cinq cents ans, se satisfaisant seule quand c'était nécessaire. Ysabel préférait la solitude. Même parmi les siens, elle évitait les interactions, détestant instinctivement la plupart des sorciers avec leurs airs pompeux. Quant aux sorcières, elle ne leur faisait pas confiance, surtout celles qui aimaient garder leurs secrets et leurs pouvoirs, alors qu'elles travaillaient toutes pour le Seigneur de la Fosse. La seule personne qu'elle considérait vraiment comme son amie était Nefertiti, la sorcière la plus puissante qui possédait une multitude d'amants. Bien que sa magie sexuelle ne fût pas du goût d'Ysabel, elle appréciait les paroles de sagesse – et il fallait l'avouer, les plaisanteries grivoises – que Nefertiti choisissait de transmettre.

Malgré sa personnalité peu accueillante, Ysabel avait réussi accidentellement à se faire quelques amis ; une psychopathe avec des problèmes de colère qui ne pouvaient être résolus qu'en tuant, une lamia qui traversait les hommes aussi vite qu'elle changeait de peau, et même une vampire qui était allergique au sang humain. Oh, sans oublier Muriel, la fille de Lucifer qui ne la lâchait pas malgré les nombreuses fois où elle lui avait claqué la porte au nez. Mais elle avait fini par s'attacher à elle au fil du temps. Comment faire autrement avec cette fille dotée de cette incroyable capacité à conduire le Seigneur au bord de la folie, au point qu'il s'en tirait les cheveux et crachait du feu ? Muriel était un sacré personnage, et maintenant qu'elle s'était rangée, Ysabel lui enviait parfois la vie de famille qu'elle menait avec son ange déchu, son magnifique minet et son beau mort-vivant. Bien qu'un trio ne soit pas son genre – bon sang, elle ne voulait même pas d'un solo –, elle ne pouvait nier son désir de trouver le même genre de bonheur que son amie.

— L'enfer à la sorcière. L'enfer à la sorcière. M'entends-tu ?

Revenant brusquement à la réalité, elle vit que le démon torride et sexy agitait une main devant elle.

— Quoi ?

— Je déteste briser ton fantasme évident de me voir faire des choses délicieuses à ton corps, mais je pense que je sais où trouver le premier gars.

— Où ?

— D'après son dossier, il a eu des relations sexuelles en miroir avec une humaine du côté mortel qui l'avait invoqué. Tu veux parier qu'il est parti se taper un beau petit cul ?

N'ayant pas encore lu les dossiers – elle avait passé la journée depuis son entretien avec Lucifer à s'acheter des vêtements qui ne s'enflammeraient pas et à le maudire – elle ne put faire autrement que s'en remettre à son jugement. S'il se trompait, elle pourrait toujours lancer un sort de localisation en utilisant une partie du sang gratté du fouet utilisé pour punir les damnés.

— Tu peux appeler une porte vers notre emplacement cible ? demanda-t-elle.

Son air renfrogné ne le rendit pas moins attirant, le crétin.

— Non. Je n'ai pas eu la bonne moitié de magie démoniaque pour ça. Nous devrons passer par un portail permanent.

— Je vais chercher mon balai.

— Pardon ?

— Un balai, dit-elle en souriant. Pour nous transporter.

— Pourquoi ne pas plutôt voler une voiture ?

— Un balai est plus rapide, car nous pourrons

voler directement vers notre adresse cible depuis le portail le plus proche et éviter la circulation.

Battant des cils, elle sourit d'un air moqueur et ajouta :

— Ne me dis pas que le grand et méchant démon craint de monter sur un balai ? Ne t'inquiète pas, mes passagers ne tombent pas... souvent.

Elle s'éloigna alors avec un roulement des hanches, et étouffa un rire en surprenant son expression douloureuse dans le miroir.

Enfin, un point pour la sorcière.

Elle aurait dû deviner qu'il se vengerait.

4

Remy fit passer le manche du balai entre ses cuisses et le ressortit comme un sexe en bois d'un mètre de long. Il le saisit alors à deux mains, et poussa ses hanches en avant en souriant.

— Vise donc le nez de Pinocchio. C'est ce que j'appelle du bois.

— Est-ce que tout tourne autour du sexe avec toi ?

— Non. J'aime aussi discuter de cunnilingus, de masturbation et de l'état de l'écosystème de l'Enfer.

Elle cligna des yeux et il lutta pour ne pas rire.

— Quoi ? Ne me dis pas que tu n'as pas entendu parler de la surpopulation de notre Fosse qui entraîne une augmentation des gaz méthanes, ce qui entrave la fabrication naturelle de soufre.

— Incroyable, marmonna-t-elle en ajustant ses lunettes de vol.

Ce n'était pas ce qui se faisait de mieux en matière de look, mais le reste d'elle... Délicieux !

Vêtue d'un pantalon noir moulant qui enserrait des fesses délicieusement rondes, un col roulé noir et des bottes hautes, on avait bien envie de la dévorer. Ou la baiser. Il n'allait pas chicaner sur ce détail.

Elle saisit alors le manche, ce qui fit émettre un gémissement à Remy : « Oui, bébé, c'est ça. Tiens-la », et se plaça devant lui.

— Accroche-toi bien, l'avertit-elle.

Hum, voilà qui lui plaisait. Il passa ses bras autour de sa taille pour la tenir plus étroitement que nécessaire, et s'avança jusqu'à ce que son entrejambe soit pressé contre les fesses d'Ysabel.

— Bien installé ? demanda-t-elle en se tortillant.

Sans lui laisser le temps de répondre, elle souleva le balai, écrasant ses bourses de la plus inconfortable des façons.

Mais pourquoi est-ce que je m'impose ça ?

Ah oui, parce qu'une sorcière au sourire narquois le plus perfide qui soit et l'attitude railleuse, l'avait défié. Merde. Ce qu'il n'était pas prêt à faire pour le travail ! Bon d'accord, c'était faux. Il l'avait fait juste pour prouver qu'il n'avait pas peur de…

— Satanée cinglée de sorcière ! hurla-t-il lorsque le balai monta à toute allure dans les airs.

Il s'accrocha au manche comme si sa vie en dépendait, tout en essayant de résister à la douleur qui fusait dans ses parties intimes royalement écrasées par les milliers de watts alimentant son balai.

La réponse à son beuglement fut un :

— Youhouuuuu !

Comment un démon pouvait-il rester énervé – même avec les testicules en feu – quand elle prenait un tel plaisir à voler dans le ciel nocturne, ses fesses rondes pressées contre lui et le corps parfaitement à sa place dans ses bras ? Impossible. Un sourire passa alors sur ses lèvres. Ils pouvaient être deux à jouer à « Je parie que je peux t'énerver encore plus ».

Il pencha la tête en avant, et ses lèvres trouvèrent le lobe de son oreille.

— Besoin de l'itinéraire ? demanda-t-il en soufflant doucement à la fin de sa question et ne manquant pas le frisson qui la parcourut.

— Je l'ai déjà programmé dans le GPS du balai.

Sa réponse le laissa perplexe. Dans son esprit, la technologie et les balais étaient deux choses différentes. Mais il revient rapidement à la réaction d'Ysabel à sa proximité, et chuchota à nouveau alors que son bras remontait pour effleurer gentiment le dessous de ses seins.

— Alors pourquoi un balai ? Un tapis n'aurait pas été plus confortable ? Nous aurions pu nous *allonger*.

— En fait, ce sont les fauteuils les plus confortables, mais les balais sont les plus faciles à contrôler. Depuis Harry Potter, ils ont fait un grand retour. Et puis j'aime revenir à mes racines.

— Mais quand es-tu née ? À l'âge des ténèbres ?

— J'ai presque cinq cent vingt ans, alors oui, l'âge des ténèbres serait à peu près correct.

— Tu es une cougar, ma parole ! s'exclama-t-il. J'avais oublié. Comme c'est excitant.

— Je ne suis pas vieille ! Je ne fais pas plus de vingt-deux ans, l'âge que j'avais à ma mort.

Oui, il avait bien noté qu'elle arborait le corps d'une femme nubile dans toute la splendeur de sa jeunesse.

— Mais à l'intérieur, tu es une Mme Robinson qui peut se targuer de plusieurs siècles d'expérience. Comme je l'ai dit, c'est terriblement excitant.

— Tu es un monstre.

— Non, juste complètement allumé. Tu as déjà embrassé sur un balai ?

Il relâcha sa taille pour prendre ses seins, et passa ses pouces sur les pointes déjà tendues à travers l'étoffe de son vêtement.

Elle couina et le balai fit une ruade. Il s'accrocha à elle d'un bras, et de l'autre continua à jouer avec sa poitrine.

— Arrête !

La voix disait non, mais sa respiration et la façon dont ses fesses se pressaient contre son sexe dur disaient le contraire.

— Tu préférerais peut-être ça ?

Il descendit plus bas, entre ses cuisses, et sentit la chaleur à cet endroit lui brûler presque les doigts. Mais il n'eut qu'un court instant pour profiter de la douce moiteur avant qu'elle ne retourne le balai et le secoue. Il aurait cependant pu tenir si elle n'avait pas murmuré : « Electrificar ». Un courant électrique parcourut son bras pour l'engourdir, et il finit par lâcher prise et tomber.

Heureusement pour lui, elle avait déjà entamé leur descente, et il ne tomba pas de haut. Hélas pour lui, il atterrit dans une piscine, ce qui étant donné ses vêtements en cuir, fut une expérience glaciale qu'il n'aurait recommandée à personne, d'autant plus qu'avec tout ce poids, il coula.

5

Ysabel n'aurait probablement pas dû rire en le regardant s'extirper de la piscine, ruisselant d'eau. Mais vraiment, à quoi s'attendait-il en la pelotant pour l'exciter et la distraire pendant qu'elle conduisait ? Quel crétin ! Il pouvait s'estimer chanceux : la plupart des hommes se seraient retrouvés écrasés sur le trottoir. Peut-être qu'elle ne le détestait pas après tout.

Les cheveux plaqués sur la tête et dégoulinant comme un gros monstre marin, il lui lança un regard noir.

— Tu es une sorcière malveillante.

— Merci, dit-elle tout sourire en se passant une main dans les cheveux. Je fais de mon mieux.

Guettant toute réaction violente, parce que les démons aimaient riposter, elle resta bouche bée quand il retira sa veste en cuir, puis sa chemise. Quelqu'un avait parlé d'une fraîche nuit de printemps ? Qu'on lui passe un ventilateur parce qu'il faisait sacrément chaud. Savoir qu'il était bardé de muscles n'empêcha nullement Ysabel d'être sous le choc en le voyant en vrai. Elle cligna des yeux, déglutit, serra les cuisses, mais le feu qu'il avait allumé en la caressant sur le balai continuait de brûler avec de plus en plus d'intensité.

— Est-ce que je dois continuer ? demanda-t-il en souriant, les mains sur la boucle de son pantalon en cuir.

— Nous avons du travail, marmonna-t-elle en se retournant et se dirigeant vers la copropriété où se cachait leur cible.

Et le travail ne consistait pas à ce que Remy la caresse de sa langue, ses mains et son sexe. Même s'il ne demandait pas mieux et que ça serait terriblement agréable.

Je ne couche pas avec les démons. Ni avec les hommes, ni qui que ce soit. Ne fais pas confiance.

Car, comme elle le savait si bien, les amants pouvaient vous trahir.

Elle marmonna cette phrase en boucle tel un mantra protecteur tout en s'éloignant et tandis qu'il la rattrapait. Sa présence imposante et silencieuse n'était pas facile à ignorer. Ne voulant pas s'encombrer de leur moyen de transport, elle cacha le balai derrière une plante en pot près de la porte. Elle s'attendait à ce que Remy emboîte le pas avec ses vêtements mouillés, mais quand elle se retourna, il était impeccable, avec juste un soupçon de vapeur qui s'élevait autour de lui.

— Je me doutais que tu étais un démon de feu.

— C'est ce qui me rend si irrésistible, répliqua-t-il en arquant un sourcil.

— Idiot.

Un claquement de doigts accompagné du mot « ouvre » murmuré en espagnol, et ils furent à l'intérieur de l'immeuble. Il l'entraîna dans l'ascenseur, et à moins de fixer les chiffres qui défilaient, ce qui aurait été une preuve manifeste de lâcheté, elle ne put l'éviter.

— Pourquoi est-ce que tu souris ? demanda-t-elle en croisant son regard amusé.

— Merci pour la baignade. J'en avais besoin. Rien de pire qu'avoir la trique avant une mission.

— Est-ce que ça t'arrive parfois de censurer ta langue ? demanda-t-elle en se forçant à ne pas regarder plus bas que son menton.

— Non. Je le laisse faire ce qu'il veut, et il va sans dire qu'il adore tout ce qui est *maléfique*.

— Tu es impossible.

— Non, je suis tout ce qu'il y a de plus possible et inoubliable.

— Tu veux bien sortir ton cerveau de ton pantalon pendant une seconde et te concentrer sur la mission ? Quel est le plan ?

Appuyé contre la paroi de l'ascenseur, il fit rouler ses larges épaules en haussant les épaules.

— Enfoncer la porte. Attaquer l'âme échappée. L'immobiliser pendant que tu l'étiquettes et le renvoyer en Enfer.

— Hum, as-tu déjà entendu parler de quelque chose qui s'appelle la subtilité ? Et s'il n'était pas là ? Et s'il rentrait plus tard ? Et s'il y avait une armée de soldats américains avec des fusils à l'intérieur ?

Il leva les yeux au ciel.

— Bien. Je ne vais pas défoncer la porte. Quel est ton plan ?

Le sien ?

— On toque d'abord à la porte.

— Et ?

— Je demande si Pedro est là.

— Formidable. Je suis sûr que cette fille ne va pas du tout trouver bizarre qu'une étrange nana frappe à sa porte à 23 heures à la recherche du fantôme qu'elle a invoqué en pleine nuit pour une partie de sexe en miroir.

Le froncement de sourcils qu'elle lui adressa le fit sourire.

— J'ai un nouveau plan, annonça-t-il.

— Est-ce que ça implique de défoncer à nouveau la porte ?

— Nan.

— Est-ce que tu vas installer une barre et l'éblouir avec tes talents de danseur ?

— Non, mais j'aime bien le fonctionnement de ton esprit. Voici mon idée : tu frappes à la porte et tu fais ton truc ; parler, l'endormir dans un faux sentiment de sécurité, lui soutirer des informations, lui arracher les ongles un par un… bref, tes méthodes habituelles. Pendant que tu l'occuperas, je me glisserai chez elle depuis le balcon.

— Comment vas-tu te rendre sur son balcon ?

— Laisse-moi gérer ça.

— C'est bien ce qui me fait peur, marmonna-t-elle.

— Ne t'inquiète pas, ma jolie cougar, dit-il en souriant à pleine dent. On récupérera cet abruti et on le renverra en Enfer. Tu pourras alors me remercier. Nue de préférence. À genoux ou sur le dos, peu importe, je ne suis pas pointilleux.

Là-dessus, il mérita amplement le coup de poing qu'il reçut en plein ventre, mais évidemment, elle eut plus mal au poing que lui au ventre, vu qu'il était fait de granit. L'ascenseur tinta et elle sortit tout en se massant les doigts et le foudroyant du regard. Lui, non.

— Tu ne viens pas ?

— Bientôt, je l'espère.

Elle grogna et il sourit.

— Tu sais à quel point ce regard est excitant, n'est-ce pas ? dit-il avant d'éclater de rire devant son air renfrogné. Détends-toi, petite sorcière. Accorde-moi cinq minutes avant de frapper. Tu fais ton truc. Je fais le mien et nous serons sortis d'ici en un rien de temps.

— Pourquoi est-ce que je n'y crois pas ? grommela-t-elle.

Les portes de l'ascenseur se refermèrent, la laissant seule. Curieusement, bien qu'elle ne l'ait rencontré qu'aujourd'hui, il lui manqua aussitôt. Ce démon impossible la faisait en quelque sorte se sentir vivante.

Trop vivante, rectifia-t-elle avec ironie alors que son corps picotait toujours après ses caresses et sa proximité. Pourquoi lui et pourquoi maintenant ?

Elle avait passé cinq cents ans à éviter sans effort les hommes, sans en désirer ou en vouloir aucun. Puis, le démon le plus vulgaire (mais beau), agaçant (avec un corps à tomber par terre) se présentait, et soudain, elle avait envie de se déshabiller et danser autour de lui comme si elle n'en avait plus eu envie depuis le dernier Beltaine qu'elle avait célébré de son vivant.

Idiote !

Il n'y aurait pas de danse nue autour de lui ou contre une barre. Ni de langue ou ce genre de chose qu'il affectionnait un peu trop, même si ça lui plaisait à elle aussi. L'homme était un porc coureur de jupons encore pire que Francisco, car il ne prenait même pas la peine de le cacher.

Ce sont des hommes comme lui qui me confortent dans ma décision de renoncer à l'amour.

Et, peu importe que les nuits soient solitaires, son vibromasseur peu affectueux et sa vie ennuyeuse : elle ne revivrait plus la douleur et le chagrin après la trahison d'un amant.

Comme elle ne portait pas de montre, elle ignorait combien de temps s'était écoulé depuis qu'elle et Remy s'étaient séparés. Elle tapota du pied et arpenta le couloir en regardant de temps en temps autour d'elle, jusqu'à ce que sa patience s'épuise et qu'elle s'approche de la porte de sa cible.

Après trois coups rapides, elle recula et essaya de prendre un air inoffensif. La porte s'ouvrit avec force et un œil méfiant bordé de khôl noir la fixa.

— C'est pour quoi ? demanda la fille d'un ton suspicieux.

— Je cherche Pedro. J'ai entendu dire qu'il est sorti de cette horrible prison et je voulais le féliciter, expliqua Ysabel en affichant un faux sourire.

L'œil qui l'observait se rétrécit.

— Comment sais-tu pour Pedro ?

— Nous nous sommes rencontrés lors de nos discussions en miroir... enfin, c'était plutôt du sexe en miroir, déclara Ysabel avec un rire faux. Cet homme sait y faire avec les mots... surtout pour dire des choses bien cochonnes. Il m'a parlé de toi en disant que tu étais une sorcière canon. Il m'a aussi dit qu'une fois sorti, nous devrions tous nous retrouver pour... si tu vois ce que je veux dire, ajouta-t-elle avec un clin d'œil et en s'humectant les lèvres.

La porte se ferma partiellement, mais juste le temps que la femme puisse retirer la chaîne du verrou. Ysabel entra alors dans un décor digne d'un trip psychédélique sous acide. Les peintures murales tie-dye, les coussins du canapé aux motifs d'œil : tout criait « bienvenue aux années 70 » – une époque qu'elle n'avait connue qu'à travers la télévision.

La propriétaire de l'endroit semblait également tout droit sortie de l'époque hippie avec ses longs cheveux marron et raides, sa jupe fluide à motifs et les bracelets qui tintaient à ses bras. Ysabel ne s'attarda pas longtemps sur elle. L'humain ne l'intéressait pas. Elle s'en détourna et inspecta l'appartement, cherchant des signes de Pedro.

À l'époque où elle avait récupéré son âme, à la fin de sa vingtaine, après l'avoir tué avec un garrot, Pedro était un vrai connard. Marié à une femme douce, il la trompait avec tout ce qui voulait bien écarter les jambes. Certains disaient que même les animaux de ferme n'étaient pas à l'abri avec lui. Il faisait partie des hommes venus la chercher pour le bûcher, prenant un grand plaisir à la toucher pendant qu'il la portait à son supplice, la lorgnant tandis qu'il glissait une main sous sa jupe pour soi-disant rechercher une arme, et chuchotant des choses dégoûtantes pendant qu'il attachait la corde. Le pervers avait même eu une érection pendant qu'elle brûlait et avait regardé la scène avec une excitation fascinée.

Il a complètement mérité ce que je lui ai fait subir : le châtiment éternel.

En revanche, Pedro n'était pas du même avis, à en juger par son visage furieux lorsqu'il sortit de la chambre, vêtu uniquement d'un caleçon. Pas vraiment ce qui mettait le plus en valeur cette âme au torse puissant recouvert d'une épaisse moquette. Les entreprises d'épilation auraient fait fortune avec lui.

— Putain de sorcière ! Tu aurais dû rester en enfer auquel tu appartiens.

— Où j'appartiens ? Ce n'était pas moi la morveuse malade qui refilait des infections vénériennes aux moutons et qui brûlait les gens sur le bûcher.

— Jalouse parce que je ne veux pas te donner un avant-goût ? railla-t-il en empoignant son propre entrejambe.

Le haut-le-cœur d'Ysabel ne fut pas simulé.

— Je crois que je viens de perdre l'appétit pour toujours. Mais assez avec ta grossièreté. Dis au revoir à ta petite amie. Tu as rendez-vous avec le chat à neuf queues en Enfer.

— Je ne crois pas, non, dit-il en souriant, visiblement très satisfait de lui-même.

Nullement étonnée, Ysabel soupira alors que sa copine lui jetait quelque chose en psalmodiant. Elle pivota et fit face à l'apprentie magicienne.

— Tu devrais vraiment essayer de trouver un vrai livre de sorts au lieu de te fier à Google.

Ysabel, bien que plus faible dans le monde des mortels, avait affiné ses pouvoirs à travers les siècles. Elle ne prononça qu'un seul mot : « congelado », et la mortelle se figea aussitôt avec une expression de stupéfaction.

Se tournant alors vers Pedro, Ysabel reçut juste à ce moment précis son poing sur la figure.

Sa tête partit sur le côté, et elle n'eut pas le temps de récupérer qu'il la frappa à nouveau dans le ventre cette fois, ce qui la plia en deux de douleur. Stupide monde des mortels. Non seulement tout faisait plus mal ici, mais sa magie n'était pas aussi puissante que dans la Fosse. Pire encore : en raison de la malédiction, face à ces âmes qu'elle devait récupérer, son pouvoir devenait presque inexistant et retombait au même niveau qu'au moment de sa mort. Lucifer et ses saletés de clauses.

Où est Remy, bordel ?

Elle serait plus que ravie de revoir son sourire narquois et d'écouter ses insinuations graveleuses en ce moment.

Saisissant sa tresse, Pedro la tira d'un coup sec et elle ne réussit qu'à murmurer la première consonne de son sort avant qu'il l'assomme d'un coup sur la tête.

6

Il avait fallu un peu plus de cinq minutes à Remy pour atteindre le balcon. Il avait dû éviter le maudit chien aux dents pointues du neuvième étage, ainsi que le couple du septième en pleine orgie sexuelle comprenant Nutella, cordes et un gode-ceinture qui avait attiré son attention pendant un petit moment. Mais il n'était pas ici en mission de plaisance ou pour faire du voyeurisme. Il devait rapidement rejoindre sa partenaire sorcière et l'aider à renvoyer leur première cible en Enfer.

Une fois leur mission accomplie, Remy envisageait sérieusement de rentrer chez lui via un autre moyen. Ses testicules encore douloureux ne pourraient supporter un autre tour sur son engin de torture. Cependant, il avait plutôt apprécié le côté proximité de la chose… ou plutôt de la toucher.

Il atterrit enfin sur le balcon de l'appartement en question, et jura en voyant sa sorcière KO entre les mains de leur cible. Sans perdre un instant, il passa à travers la porte coulissante en verre. Certes, ce n'était pas une entrée des plus élégantes, mais elle eut au moins le mérite de distraire l'âme damnée qui avait posé son couteau sur sa cougar à la langue bien pendue.

— Je ne pense pas.

Si quelqu'un devait tuer cette teigne à la langue acerbe, c'était lui.

— On danse ? s'enquit-il avec un sourcil arqué.

Les bras tendus sur le côté, Remy qui insufflait à la cible un faux sentiment de sécurité, paraissait inoffensif : oh, combien les apparences pouvaient être trompeuses.

— Je ne retournerai pas en Enfer !

— Tu veux parier ? demanda Remy en souriant.

Quand l'idiot le chargea avec le couteau de cuisine, il ne bougea pas et attendit le dernier moment pour attaquer : d'une main il prit en étau le poignet qui tenait l'arme, et de l'autre il lui écrasa la trachée.

Haletant comme un poisson hors de l'eau, le damné tomba à genoux.

— C'est tout ce que tu as ? demanda Remy d'un air désolé. Sérieusement ? Tu aurais pu essayer de résister un peu ?

Tout en soupirant, il lui balança un coup de pied qui l'envoya se tordre de douleur sur le tapis pendant qu'il allait chercher la sorcière. En voyant l'ecchymose qui s'étendait sur sa joue, il marmonna un juron. Bien sûr, ça guérirait, probablement dès le matin si elle utilisait un peu de magie, mais quand même. Quelle image cela donnait-il de lui qu'elle se blesse sous sa surveillance ?

D'un autre côté comme elle était inconsciente, il allait pouvoir la peloter sous prétexte de chercher l'étiquette nécessaire pour renvoyer Pedro en Enfer. Ne la trouvant ni dans la poche de son pantalon ni entre ses jambes, il passa la main sur son buste, effleurant des doigts la peau la plus soyeuse qui soit, avant de sentir l'objet métallique donné par Lucifer.

Il le récupéra tout en regrettant de ne pas avoir cherché avec la bouche, et la prit dans ses bras, satisfait de ne plus l'entendre pendant un moment. Pedro quant à lui rampait plus loin en faisant des bruits étranglés.

Remy s'agenouilla et posa la main molle d'Ysabel autour de l'étiquette. La guidant comme avec une marionnette, il plaqua l'objet sur Pedro, qui avec un cri sifflant, se recroquevilla sur lui-même tandis que son essence était soudain aspirée dans un petit trou noir. Retour au point de départ : la Fosse à laquelle il appartenait.

— Mission accomplie. Il est temps de te ramener à la maison, petite cougar.

Voyant Ysabel toujours inerte dans ses bras, il se fit la réflexion que sa langue acerbe et acérée lui manquait, et se traita immédiatement de tous les noms. C'était peut-être du masochisme, mais il aimait qu'elle résiste à son charme et lutte contre l'attirance manifeste qu'elle ressentait pour lui.

La plupart des habitants de l'Enfer ne demandaient qu'à céder à leurs bas instincts au moindre encouragement. Qu'elle s'y refuse l'intriguait, et malheureusement pour elle, augmentait sa détermination à essayer de se frayer un chemin entre ses cuisses.

Mais une fois, elle en mourrait d'envie.

De retour à la piscine et à l'endroit où ils avaient caché son balai, il observa, ennuyé, son expression sereine. Elle ne pouvait pas voler en étant inconsciente.

Un démon plus doux – en d'autres termes, un démon mentalement déséquilibré – aurait hésité à la jeter dans l'eau froide de la piscine. Lui, en revanche, n'avait jamais prétendu être un gentil. Il la laissa donc tomber dans l'eau et attendit les bras croisés. Elle remonta tout de suite à la surface en crachotant.

— Espèce d'imbécile pourri ! Pourquoi as-tu fait ça ?

— Hé, si tu veux dormir pendant les heures de travail, il faut en assumer les conséquences, la réprimanda-t-il en agitant un doigt.

La mâchoire d'Ysabel remua, mais rien n'en sortit à part un hoquet choqué.

— Toi, toi…

— Le beau petit cul de démon ?

— Non.

— Le brave soldat de l'Enfer ?

— Non !

— Le bourreau des cœurs numéro un de la fosse ?

— Tu veux bien arrêter ça ? hurla-t-elle. Ce n'est pas drôle. Tu m'as jetée dans une piscine. J'aurais pu me noyer.

— Allons donc. Je surveillais que tu te remontes à la surface. Avec des melons pareils, tu ne peux que flotter.

Elle gravit péniblement les marches de la piscine en arborant un rictus féroce et les yeux lançant des flammes.

— Je vais te tuer.

— Pour quelle raison ? De t'avoir réveillée ? Tu sais, dit-il en la passant en revue et s'attardant sur ses seins moulés par l'étoffe qu'il savait ronds et parfaits pour les avoir touchés. Mouillée, tu n'es pas mal du tout.

Son ton flegmatique était cependant démenti par la gaieté qui brillait indéniablement dans son regard.

Ysabel renversa alors ses cheveux en arrière, cambra le dos et posa la main sur une hanche dressée. Elle était à couper le souffle... et visiblement en train de manigancer quelque chose.

— J'ai peut-être l'air pas mal, mais ce n'est rien comparé à ma saveur, dit-elle en souriant.

Ooh, un point pour la sorcière qui lui avait mis l'eau à la bouche avec cette répartie coquine.

— C'est une invitation ?

— Hélas, tu n'es pas mon genre.

— Et quel est ton genre ? Non, attends. Laisse-moi deviner. Dur, recouvert de plastique et bourré d'une grosse pile.

Elle le foudroya du regard.

Touché ! Il avait visé juste. Quel dommage qu'elle passe son temps à le repousser ! Il savait exactement comment lui donner du plaisir.

— Voici ton véhicule, dit-il en sortant le balai de sa cachette.

— Qu'est-ce que tu attends ? aboya-t-elle en le chevauchant. Monte.

— Non merci. Je préfère ne pas finir aplati dans une rue de la ville. Je pense que nous avons fini pour ce soir, à moins que tu n'aies besoin de moi pour des distractions diaboliques ?

— Dans tes rêves, démon.

— Quelle chance ! J'ai une grande imagination. J'ai hâte de voir ce que tu me prépares, dit-il avant de s'esclaffer devant son grognement de frustration. Ooh, quel son affriolant ! J'adore. Pense à moi ce soir quand tu chevaucheras ton ami en plastique. Moi en tout cas j'aurais cette vision de toi quand je prendrai mon pied.

— Je te déteste.

— C'est une habitude chez toi de te répéter ? Peut-être à cause de ton grand âge. Heureusement que je suis là pour t'aider, sinon tu pourrais oublier ta mission. Alors, même heure demain ?

— Même heure pour quoi faire ?

— Pour nous retrouver, bien sûr, et pourchasser d'autres âmes. Je te verrai chez toi vers 21 heures.

— Pas si je peux l'empêcher, marmonna-t-elle avant de décoller sur son balai et laissant une traînée d'eau en dessous.

Quelle femme ! Il ne se souvenait pas de la dernière fois où il avait été aussi intrigué. Mais il ne pourrait profiter longtemps de sa présence si elle avait un pouvoir de décision. Remy révisa ses plans et partit à la quête d'une femelle mortelle consentante avant de retourner en enfer. Pour une raison quelconque, il lui était soudain devenu primordial de rester en partenariat avec la sorcière.

Tu ne te débarrassas pas de moi aussi facilement.

Peut-être avait-il hérité du gène de folie de sa mère après tout. Elle serait si fière.

7

Lucifer jeta un regard à Remy qui se prélassait sur sa chaise face à son bureau : l'image même du garçon insouciant. Pourtant on décelait son anxiété d'après sa façon de remuer le pied en cadence. Il n'avait fallu qu'une journée à Ysabel pour s'embrouiller avec un de ses meilleurs pisteurs. Lucifer lutta pour ne pas secouer la tête.

— Voyons si j'ai bien compris. Après avoir énervé Ysabel au point qu'elle va faire irruption ici d'une minute à l'autre en exigeant que je te vire, tu veux continuer à travailler avec elle ? Tu es fou ?

— Je l'espère, répondit Remy, joyeux.

Un sourire fendit le visage de Lucifer.

— Toutes mes félicitations. Ta mère serait ravie. Considère que c'est fait. J'aime lorsqu'un mâle ne recule pas devant une mégère.

— Bah, ce n'est pas une mégère. Elle est juste un peu fougueuse. Et puis je pense que ça pourrait me plaire de dompter une cougar qui griffe.

— Dompter ? Ysabel ? s'exclama Lucifer qui faillit s'étouffer.

— Hum, vous avez peut-être raison. La garder sauvage sera plus amusant. Vous pensez que je pourrais canaliser son énergie pour qu'elle me pourchasse et déchire mes vêtements ? Non, attendez. Ce n'est pas une métamorphe, il lui faudra un couteau. À la réflexion, il vaudrait mieux que je sois nu quand elle décidera de me pourchasser. Ça sera plus sûr.

— Tu es sûr que ça va, soldat ?

— On ne peut mieux, monsieur. Maintenant, si vous voulez bien m'excuser, je vais sortir par l'arrière parce que si je ne me trompe pas, ce bruit de pas mouillés signale l'arrivée de ma sorcière colérique. Souvenez-vous, je n'ai jamais été ici.

— Jamais, marmonna Lucifer.

Remy se glissa par l'entrée secrète.

— Qu'est-ce que j'ai fait ? soupira Lucifer.

À peine eut-il le temps de s'enfoncer confortablement dans son siège pour réfléchir à la question, qu'une Ysabel trempée et extrêmement énervée, fit irruption dans son bureau.

— J'exige que tu le vires.

— Quoi ? Pas de bonjour ?

— Va te faire foutre. Tu savais que j'allais venir. Je veux qu'il parte.

Intéressant. Visiblement, il avait enfin trouvé quelqu'un pour ébouriffer les plumes de son assistant habituellement calme.

— Je ne peux pas. Tu as besoin d'un partenaire.

— Alors, trouve-moi quelqu'un d'autre.

— Désolé, mais c'est tout ce que j'ai pour le moment.

UN DÉMON ET SA SORCIÈRE

— Mais je le déteste ! cria-t-elle.

Son explosion les surprit tous les deux, et il fallut quelques secondes avant que le rouge disparaisse des joues d'Ysabel.

— Il y a forcément quelqu'un d'autre ? N'importe qui. Et cet autre démon sérieux, comment s'appelle-t-il déjà ? Xaphan ? Je ne pourrais pas l'avoir à la place ?

— J'ai des projets pour lui.

Des plans que Xaphan détesterait absolument. Lucifer avait hâte.

— Je ne voterai pas pour toi au concours du patron de l'année, le menaça-t-elle en pivotant et sortant en trombe avec des bruits de splash.

— Quoi ? J'avais déjà préparé un discours pour me remercier de ma grandeur et d'avoir tout réussi par moi-même.

Ysabel lui dit au revoir en dressant son majeur avant de claquer la porte.

Insolente sorcière, songea Lucifer en souriant. *Je pourrais presque la prendre pour un de mes propres enfants.*

D'un autre côté, vu comme elle le rendait fou, il était soulagé que ça ne soit pas le cas. Il avait assez à faire avec Muriel et son fils Christopher, qui disparaissait constamment. En ce qui concernait ce dernier, il avait perdu tout espoir. La première il l'adorait en secret, d'autant plus qu'elle lui avait donné une petite-fille qui le prenait pour un incapable. Ce qui lui rappela qu'il devait retrouver le dragon de compagnie qu'il avait acheté pour ce petit monstre. L'animal avait échappé à la vigilance de son gardien, et la dernière chose dont le monde avait besoin était qu'une bombe atomique, alias sa petite-fille chérie, explose parce qu'il avait perdu son animal de compagnie préféré.

D'un autre côté, la fin du monde animerait pas mal l'Enfer.

Mais ça interromprait mon match de golf. Merde.

Il fallait qu'il retrouve ce dragon.

8

L'après-midi suivant, Ysabel essaya de se préparer aux alentours de l'heure de sa mort. Elle remplit la baignoire d'eau froide et grimpa nue dedans. La température glaciale lui fit instantanément claquer des dents.

Je peux le faire. Penses-y comme une chaude journée sur la plage de Hade.

Mais ça ne marcha pas. Les flammes arrivèrent à l'heure, léchant ses jambes, son corps, jusqu'à atteindre sa tête. À ce stade, elle criait et la baignoire était pleine de vapeur. Les gens avaient beau se vanter d'être courageux et capables de supporter n'importe quelle douleur, personne ne pouvait endurer ce genre d'agonie, même pour deux minutes. Une fois la souffrance finie, elle resta allongée un instant dans la baignoire alors que toute l'eau s'était évaporée à la suite du brasier qui faisait rage une minute avant. Bien qu'il ne restât aucune trace de son agonie, son esprit et son corps continuaient de souffrir. La douleur persistait comme une horrible gueule de bois et son psychisme hurlait, rejetant toute tentative d'apaisement. C'était l'horreur.

Et ce supplice va se reproduire tous les jours jusqu'à ce que je ramène les quatre âmes restantes.

Elle avait envie de pleurer ; un autoapitoiement qu'elle s'était interdit depuis sa mort.

Elle se souvenait encore avec dégoût de son premier jour en Enfer. Faible, effrayée et sanglotant sans cesse. Malgré le contrat signé avec Lucifer et sa seconde chance de vivre, même si c'était dans la Fosse, elle ne faisait que frissonner, misérable et craintive. Le souvenir des flammes la narguait chaque fois qu'elle fermait les yeux.

Nefertiti, la sorcière de Lucifer, l'avait ramenée à la maison après l'avoir vue. Sous ses soins, Ysabel avait appris à se défendre, et sa magie était devenue suffisamment puissante pour lui permettre de se protéger de la plupart des prédateurs de l'Enfer. Une fois sa confiance retrouvée, elle s'était vengée de ceux qui l'avaient condamnée à mort, et avait ramené cinq âmes en Enfer – le nombre négocié – en riant de les voir hurler.

Le plus difficile à capturer, même si elle avait honte de l'avouer, avait été Francisco.

Elle se souvenait encore de ce jour, il y a si longtemps, où elle était partie sur son balai, depuis le portail dans les bois jusqu'au village où elle avait grandi. Le village qui l'avait condamnée.

Comme l'endroit semblait chaleureux et pittoresque avec ses chaumières et ses chemins de terre bordés de jardins. Mais elle ne s'attarda pas, même si ça la démangeait de tout brûler. Elle se hâta vers la grande maison sur la colline aux fenêtres sombres dont les occupants dormaient à cette heure tardive. Après avoir atterri sur le rebord de la fenêtre de la chambre de son ancien amant, elle se glissa à l'intérieur et s'avança pieds nus jusqu'au grand lit ; un lit où il ne l'avait jamais emmenée. Non, elle, tout ce qu'elle méritait, c'étaient des champs et des meules de foin. Parfois, elle n'avait même pas droit à ce genre de délicatesse, car il aimait la prendre contre un arbre en relevant ses jupes, pour prendre rapidement son plaisir. Et bien que ces brefs moments la laissent insatisfaite, elle les autorisait par amour.

Quelle folie de sa part de ne pas avoir reconnu les signes de son égoïsme !

Perdu au milieu du monticule d'oreillers et de draps, il ronflait doucement. Au repos, ses traits étaient doux. Ses cheveux sombres étaient ébouriffés et soyeux au toucher. Un sentiment de nostalgie s'empara d'elle. Pourquoi les choses s'étaient-elles passées ainsi ? Quel mal avait-elle fait à part aimer cet homme ?

Elle dut émettre un son, ou bien c'était le froid de sa présence qui l'alerta, car il ouvrit les yeux brusquement. Pendant un long moment, il la fixa sans ciller, puis la confusion s'installa et son front se plissa.

— Ysabel ?

— C'est drôle que tu arrives à te souvenir de moi, alors que ce n'était pas le cas quand tu me regardais brûler, dit-elle sans pouvoir contenir son amertume.

— Je n'avais rien à voir avec ça. C'était ma mère.

L'excuse la mit hors d'elle.

— Et tu n'as rien fait pour l'arrêter ! Comment as-tu pu ? Je pensais que tu m'aimais ?

Il se redressa en position assise.

— T'aimer ? Une paysanne sans dot ? Sans terre ni titre ? se moqua-t-il avec un ricanement qui l'enlaidit.

Pourquoi n'avait-elle jamais remarqué les signes de la cruauté et du mensonge sur son visage auparavant ?

— Est-ce de ma faute si tu as été assez stupide pour croire que je m'attacherais à quelqu'un comme toi ?

Une part d'elle devait se douter qu'il se moquait éperdument d'elle et qu'il la menait en bateau, et pourtant l'entendre le dire si crûment... de le voir lui jeter sa stupidité à la figure. Elle lutta pour ravaler les larmes qui menaçaient de couler face à sa propre naïveté, et laissa la colère prendre le dessus.

— Quelle excuse misérable à donner en tant qu'homme ! Je n'arrive pas à croire que j'aie pu te laisser me toucher avec ces lèvres mensongères.

— Tu l'as pourtant fait, et tu as aimé. C'est dommage que maman l'ait découvert pour nous. Évidemment, tu étais inexpérimentée, mais si appliquée et désireuse d'apprendre. Au moins, elle m'a épargné la peine de me débarrasser de toi plus tard.

Cette phrase balaya tout résidu de doute chez Ysabel.

— Stupide, stupide homme. Ta mère ne t'a donc jamais appris à ne pas provoquer une sorcière ?

Il osa la railler.

— Tu es morte. Tu ne peux rien me faire maintenant. Gémis tout ton saoul ou secoue tes chaînes, à ta guise. Tu es morte et enterrée dans une tombe anonyme. Mais tu peux la retrouver en cherchant l'herbe que j'ai tuée en pissant dessus. Retourne en Enfer, esprit malin, là où est ta place.

Sa tentative de l'énerver ne la fit pas exploser de colère, mais au contraire éclater de joie. Pas un rire franc ou hystérique : un petit rire bas, intrépide et teinté d'un brin de folie qui s'échappa de ses lèvres.

— Oh, je compte bien retourner en Enfer, Francisco, mais pas seule.

Le couteau qu'elle avait apporté, une lame en ébène gravée offerte par sa nouvelle amie, scintilla avant même qu'il ne puisse saisir son intention. Elle l'enfonça encore et encore jusqu'à son dernier gargouillement. Voyant son âme ahurie s'échapper de son corps, elle lui envoya un baiser.

Il renonça finalement à son air arrogant et lui lança toutes sortes d'insultes à la figure, les mains tendues vers elle. Mais ses doigts fantomatiques s'agrippèrent au vide tandis que la faucheuse de l'Enfer venait le chercher. Paniqué, il tenta d'échapper à son sort. Mais personne n'échappe à la Mort venue en mission, surtout pas une âme aussi sombre que Francisco. Oh comme il avait crié en quittant le plan mortel.

Et, pourtant, entendre ses cris, voire parfois les provoquer, n'avait jamais effacé la douleur de sa trahison, ni aidé à guérir sa capacité à faire confiance. Mais au moins, ça la faisait sourire.

Les souvenirs de son passé furent interrompus lorsque quelqu'un frappa à sa porte réparée et renforcée d'acier.

— Allez-vous-en, marmonna-t-elle en se levant de la baignoire et traînant son corps qui reflétait chacune de ses cinq cents années.

C'est drôle comme le fait d'être brûlée vive pouvait la faire se sentir vieille.

Elle attrapa un peignoir et s'en couvrit avant de

tituber vers sa chambre. Le martèlement reprit, accompagné d'un cri étouffé. Elle l'ignora et se mit à chercher dans son tiroir à sous-vêtements. Après avoir enfilé une culotte noire et le soutien-gorge de sport assorti, elle se tourna vers son placard lorsqu'une forte détonation se produisit. Sans surprise, elle vit alors Remy apparaître devant la porte de sa chambre.

Avec un soupir, le dos tourné, elle continua d'étudier les vêtements dans son placard.

— Bonjour, petite sorcière.

— Tu es en avance.

— J'avais hâte de te revoir.

Pourquoi ses mots jetés avec désinvolture faisaient-ils battre ainsi son cœur ? C'était tellement injuste, d'autant plus qu'il ne les pensait pas.

— Juste pour que tu le saches, je te renverrai à nouveau la facture pour la réparation de la porte.

— Justement, je voulais te demander pourquoi tu as fait ça.

Elle lui lança un regard incrédule.

— Tu es sérieux ? Tu l'as cassée. Deux fois déjà.

— Je n'aurais pas eu à forcer si tu répondais.

— T'est-il déjà venu à l'esprit que j'étais peut-être occupée ?

— Occupée à quoi ? demanda-t-il en humant la pièce avec une grimace. Faire un barbecue ? Ça sent la chair carbonisée et les cheveux brûlés ici. Tu t'es livrée à un rituel de sorcellerie étrange ?

Donc Lucifer ne lui avait pas parlé de sa malédiction. Bien. Elle était capable de gérer Remy le dragueur, et même plaisanter avec lui. Mais un Remy qui aurait pitié d'elle ? Ça ne ferait que l'énerver davantage que d'habitude.

— Ce que tu sens, c'est ce qui se passe quand les gens me provoquent.

Voyez-vous cela ? Elle avait réussi à dire la vérité, même si ce n'était pas ce à quoi il s'attendait. Lucifer grinçait probablement des dents dans son bureau.

— Tu les as brûlés ? Moi en tout cas je serais prêt à brûler pour avoir un avant-goût de ce qu'il y a entre tes cuisses.

Elle serra les dents.

— Je te déteste.

— Est-ce une façon de parler à ton futur amant ?

Soudain fatiguée de se quereller, l'épreuve qu'elle venait de vivre étant encore fraîche dans son esprit, ses épaules s'affaissèrent. Comme s'il avait senti son changement d'humeur, il changea le sujet de conversation pour quelque chose de neutre.

— Alors ma petite cougar, quelle cible recherchons-nous aujourd'hui ?

À cette question, elle avait une réponse.

— Emmanuelle. Un petit démon qui s'occupe de sa cellule m'a dit (sous la torture bien sûr) qu'elle s'intéresse vivement à ses héritiers. Surtout les filles aînées, qui ont hérité de la boulangerie qu'Emmanuelle tenait après avoir tué son mari.

La garce avait crié à tous ceux qui voulaient l'entendre que c'était de la faute d'Ysabel si son pain ne levait pas, au lieu de reconnaître la seule vraie raison : la levure mal conservée.

Quand elle avait commencé à planifier sa vengeance en Enfer, Ysabel avait découvert que Francisco couchait avec cette traînée de boulangère pendant qu'il la courtisait. Elle s'était bien amusée en poussant Emmanuelle dans le four et refermant la porte sur elle pour récupérer son âme.

— En route pour l'Espagne alors. Excellent. J'avais justement l'intention de travailler mon espagnol.

Quand son regard prit un éclat brillant en la lorgnant, elle comprit qu'il ne parlait pas de la langue.

— Pas encore. Il n'est pas tout à fait 21 heures là-bas. Je crois que nous aurons plus de chance de tomber sur Emmanuelle au matin, quand ses héritiers commenceront à travailler à la boulangerie. Nous avons donc dans les six heures devant nous.

— J'ai une idée pour passer le temps.

— Je doute que ce que tu as en tête prenne plus de quelques minutes.

— Seulement parce que tu m'excites tellement. Mais ce n'était pas ce que je suggérais. La façon dont tes chers amis se sont échappés de prison me dérange. Je voulais te proposer de venir avec moi et m'aider à enquêter.

Là par contre, elle fut étonnée. Premièrement, qu'il se soit penché sur le problème, et deuxièmement qu'il en ait quelque chose à faire.

— Pourquoi t'en préoccupes-tu ? demanda-t-elle, soupçonneuse.

Le sourire franc et viril qu'il lui adressa lui alla droit au sexe et la chatouilla.

— Je déteste les mystères. De plus, s'il y a une faille dans la sécurité, je veux en être informé. Les esclaves évadés impliquent plus de travail, ce qui signifie moins de temps libre pour moi.

— Et nous devons à tout prix éviter cela, n'est-ce pas ?

Elle porta son choix sur un tailleur-pantalon approprié pour enquêter en prison. Enfin, pas vraiment, mais hors de question de porter quelque chose d'affriolant pour ce crétin quand il ne daignait même pas remarquer qu'elle se tenait devant lui en sous-vêtements.

Ou l'avait-il remarqué ?

Un doigt glissa le long de sa colonne vertébrale, mais quand elle se retourna, elle le vit toujours appuyé contre l'embrasure de sa porte, les lèvres pincées en un demi-sourire et les yeux à moitié fermés.

— Oui ?

— Est-ce que tu viens de me toucher ?

Il écarta les mains comment pour dire « qui, moi ? »

— Comment aurais-je pu faire ça en me tenant ici ?

— Je dois m'habiller.

— Je ne préférerais pas.

— Dit l'homme qui a réussi à prononcer plusieurs phrases cohérentes sans essayer de retirer ma culotte.

— Est-ce que tu l'aurais retirée si je te l'avais demandé ?

— Non.

— Alors, pourquoi demander quand je peux fantasmer ? Pendant que nous parlions devant ton corps de cougar affriolant presque nu, je pensais à la façon dont je pourrais te retirer ces sous-vêtements très convenables avec les dents. Qui sait jusqu'où nous serions allés si nous avions continué à parler. Bien que, d'après le peu que j'ai imaginé, je dois dire que tu es une très, très vilaine sorcière, ajouta-t-il avec un sourire masculin irrésistible.

Elle se retourna avant qu'il ne puisse la voir rougir, mais le plus difficile à cacher était ses mamelons qui pointaient à travers son soutien-gorge et la moiteur entre ses jambes.

Pitié, ne me dites pas que c'est un de ces démons avec un sens de l'odorat diabolique.

— Je vais attendre dans l'autre pièce.

Abasourdie qu'il parte si facilement, elle se retourna, mais il n'était plus là. Pfff, fit-elle tout en terminant de s'habiller et méditant sur ses changements d'humeur rapides. Elle délaissa cependant le tailleur-pantalon et opta pour une courte jupe noire à plis, un chemisier rouge décolleté et des bas résille, puis elle sourit après un dernier coup d'œil dans le miroir. Qu'elle ne veuille pas de lui ne signifiait pas ne pas le torturer.

Elle semblait avoir enfin trouvé un passe-temps agréable : se quereller avec Remy.

Mais jusqu'où suis-je prête à aller dans cette joute verbale ? « Jusqu'au bout » fut la réponse qui lui vint à l'esprit.

9

Faisant les cent pas dans le salon d'Ysabel, Remy, une fois de plus, se reprocha sa folie qui l'avait conduit à supplier Lucifer de le laisser travailler avec la sorcière. Mais il n'avait qu'à l'imaginer si désirable dans ses sous-vêtements – qui ne demandaient qu'à être arrachés – pour savoir pourquoi.

Bon sang, qu'il la désirait ! Sa propre retenue face à la tentation qu'elle représentait le surprit. Avec la plupart des femmes, il aurait déjà tenté un baiser ou même carrément de la séduire, ce qui jusque-là n'avait jamais échoué. Mais avec sa fougueuse sorcière, il n'osait pas. Malgré le doux parfum de son excitation, oh oui, ça ne lui avait pas échappé, il doutait qu'elle cède si facilement.

Il avait donc préféré se retirer, et la désarmer alors qu'elle pensait l'avoir pris au piège. Si elle savait que le comportement dont elle l'accusait était ce qu'il aurait fait dans des circonstances normales. Cependant, il n'y avait rien de normal à propos de sa cougar.

En parlant de ça, qu'est-ce qui s'était passé avant

qu'il n'arrive ? S'il avait défoncé la porte, ce n'était pas seulement parce qu'elle n'avait pas répondu. Il aurait juré avoir entendu des cris quand il était dans les couloirs menant à sa suite : des cris de femme. *Ysabel*. Il avait couru le reste du chemin et comme elle ne répondait pas, il s'était précipité à l'intérieur prêt à commettre un meurtre… pour la retrouver en sous-vêtements, renversante bien que pâles, avec des lignes de douleur autour de la bouche et des yeux.

Quelque chose ou quelqu'un l'avait blessée. Et pourtant, elle était seule, aucune odeur suspecte, à part l'étrange senteur de brûlé qui s'estompait à mesure qu'il conversait avec elle.

Il était certain qu'elle cachait quelque chose, mais quoi ?

Il finirait bien par le découvrir. Et, quelle que soit la personne qui blessait sa sorcière, il lui botterait le derrière.

Mais tout d'abord… il fallait enquêter sur la prison où résidaient les âmes qu'elle avait payées pour faire torturer.

Certains diraient qu'il était injuste qu'une personne puisse vendre son âme au diable en échange de la punition éternelle d'une autre personne. Pour être clair, ce n'était pas autorisé dans tous les cas : il fallait que l'âme qui demande vengeance ait un motif juste. Remy n'avait pas accès au dossier d'Ysabel, enterré dans le caveau privé de son Seigneur, mais si elle avait réussi à faire condamner plusieurs âmes au pire que l'Enfer avait à offrir, elles avaient certainement dû faire quelque chose de très grave.

Savoir qu'ils avaient dû la blesser de la pire des manières l'irrita immédiatement. Peu importe s'il ne la connaissait pas au moment des faits, ou qu'elle faisait semblant de ne pas l'apprécier. Il avait maintenant l'impression d'avoir un intérêt personnel à ce que tous ceux qui lui avaient fait du mal soient punis, à commencer par l'être qui avait aidé cinq d'entre eux à s'échapper.

Pourquoi faire une chose pareille ? Et surtout, qui ? Qui possédait ce genre d'influence et, plus important encore, qui voulait du mal à sa sorcière ?

Remy avait l'intention de le découvrir… et ensuite de leur régler leur compte à tous.

10

L'Enfer avait de nombreux visages, le plus répandu étant celui d'une métropole tentaculaire avec un arrière-plan pittoresque de montagnes fumantes et de pluies de cendres. Mais l'Enfer était plus que ses immeubles d'habitation, ses châteaux délabrés et ses routes sinueuses et poussiéreuses. La fosse grandissait constamment. Au sens littéral du terme. Ça ne cessait de s'étendre et de s'élargir, malgré les jungles sauvages qui entouraient les neuf cercles de plus en plus élargis. Les spécialistes avaient beau essayer de cartographier le paysage en constante évolution, mais les territoires inexplorés continuaient de surgir : des endroits dangereux dont peu revenaient.

Mais, si l'on faisait abstraction de la capacité magique de la Fosse à accueillir toutes ces âmes, démons et autres êtres qui ne cessaient d'affluer et se multiplier, l'endroit était somme toute normal.

À bien des égards, l'Enfer ressemblait au plan mortel, ce qui aurait sûrement déçu les érudits laïques. Les neuf cercles étaient remplis d'habitations et de zones piétonnes : des immeubles de toutes formes et tailles, y compris des magasins et des théâtres, surgissaient un peu partout. L'enfer, construit par les damnés qui cherchaient à donner à la fosse un sentiment de chez soi : un foyer pour ceux qui avaient légèrement péché.

Mais il y avait un endroit dans ce monde éternellement chaud qui aurait ravi ceux qui prêchaient le feu et le soufre : les prisons.

L'Enfer savait comment punir, et avait même érigé cela au rang d'art pour s'en délecter. Les cris d'agonie et les appels à la miséricorde résonnaient bien avant la fin du chemin sinueux menant à l'établissement, connu simplement sous le nom de Prison de l'Enfer. Mais n'ayez crainte : alors que la plupart des âmes étaient destinées à vivre dans la fosse, seules les âmes sortant vraiment du lot méritaient la punition et l'emprisonnement.

Les violeurs, les meurtriers en série, les chefs d'entreprise, les avocats – tous subissaient les agonies éternelles pour les méfaits commis au cours de leur vie. Lucifer, avec tant d'âmes à héberger, gardait le meilleur pour les pires.

Lorsque les portes en métal rouillé flanquées de tours de garde apparurent, les cris d'agonie s'amplifièrent. Remy jeta un coup d'œil à sa sorcière pour voir sa réaction, mais elle n'eut aucun mouvement de rejet. Elle continua de marcher à ses côtés, froide et impérieuse, sans peur ni honte de ce qui se passait au-delà des portes de la prison. De toute évidence, elle avait déjà visité cet endroit ignoble, et il se demanda dans quel but.

Le gardien, un démon corpulent couvert de

pustules noires vint à leur rencontre. Ses yeux jaunes et fendus s'attardèrent un peu trop longtemps sur la silhouette voluptueuse d'Ysabel. Remy autorisa cette admiration visuelle, mais s'il osait la toucher… Un trait possessif envers la sorcière qui le surprit. La jalousie n'était pas quelque chose d'habituel chez lui, et jamais envers une femme. Pour une promotion professionnelle ou un logement frais, oui, mais une femme ?

C'était probablement parce qu'elle se refusait à lui. Il la considérait comme un défi et d'ici à ce qu'il réussisse à s'introduire entre ses cuisses, il ne laisserait personne avoir un avant-goût de sa récompense. Ah pour être un énorme mensonge, c'en était un. Son patron était probablement si fier.

— Remy de la garde personnelle de Lucifer. Qu'est-ce qui t'amène dans notre bel établissement ? s'enquit le directeur en le reconnaissant.

Surpris, Remy regarda plus intensément le démon, puis sourit.

— Crax, vieux salopard. C'est donc là que tu t'es retrouvé ?

Il n'avait presque pas reconnu Crax. Le jeune émacié qu'il avait connu autrefois était maintenant de taille énorme.

— Après l'académie (que tous les démons pur-sang à moitié ou au quart fréquentaient quand ils n'étaient encore que des adolescents) mon Seigneur m'a affecté à la prison, mais ce n'est que récemment que j'ai obtenu ma promotion.

— Félicitations pour la gestion de cet endroit. Beau concert, le félicita Rémy.

En ce qui le concernait, plus de quelques heures

dans cet endroit et il serait probablement au bord de la folie à baver dans un coin. Il fallait un cœur bien accroché et un esprit solide pour travailler dans un endroit comme celui-ci.

Son vieux copain d'école bomba le torse.

— Merci. Mais comme tu ne savais pas que je travaillais ici, c'est bien sûr autre chose qui t'amène.

— Je suis ici au nom de notre Seigneur. J'enquête sur l'évasion de cinq de vos prisonniers.

Un sourire jovial apparut sur le visage de Crax, ce qui pour le non-initié, était plus effrayant que l'air renfrogné qu'il arborait généralement.

— Ces foutues saletés. Nous en avons récupéré un hier soir. Il refait connaissance avec la torture au moment où nous parlons.

— L'avez-vous interrogé pour savoir comment il s'est évadé ? demanda Ysabel sans en laisser le temps à Remy.

Le regard jaune de Crax l'étudia un instant avant de répondre.

— J'ai posé la question, mais il ne répond pas. Une sorte de sort l'arrête. J'ai appelé la sorcière du Seigneur pour qu'elle y jette un œil, car mes magiciens résidents ne peuvent rien me dire.

— Pourrions-nous le voir ? Mon amie et moi avons un intérêt particulier dans cette affaire, et la permission de notre Seigneur d'enquêter.

— Vous êtes mes invités.

Crax les conduisit à travers un dédale de couloirs. Certaines arcades se ramifiaient, laissant apparaître à certains endroits des scènes de feu et de torture, à d'autres de fouets ou d'écorchement, ainsi qu'une étrange pratique consistant en des chatouilles.

Le directeur vit la surprise de Remy et eut un petit rire.

— Ce psychopathe pense que rire est un péché. Il a tué les enfants du voisin parce qu'ils riaient dans leur jardin. Nous passons donc la journée à le faire rire. Vous devriez l'entendre sangloter dans sa cellule la nuit alors qu'il se frappe la tête contre les murs.

Oui, comme il l'avait dit, Lucifer excellait dans son domaine.

En entrant dans une partie du bâtiment terriblement calme par rapport à ce qu'ils venaient de parcourir, Remy fronça les sourcils.

— Vous avez des sorts d'atténuation de bruit dans cette section ?

Crax secoua la tête.

— Je t'ai dit que Pedro ne dit rien. Et je veux dire par là qu'il ne parle pas du tout : pas un cri ni un murmure, quoique nous fassions. Ça fait flipper les garçons.

La réponse l'inquiéta, et jetant un rapide coup d'œil à Ysabel, il vit que son front aussi était barré d'une ligne d'inquiétude.

Ils entrèrent dans une pièce bien éclairée par des lampes fluorescentes qui mettaient en lumière la scène dans tous ses détails sanglants. Pour résumer, c'était affreux – même selon ses critères – et saignant, d'où les drains dans le sol.

Ysabel enjamba délicatement les ruisseaux rouges qui descendaient doucement dans la plomberie de l'Enfer, jusqu'à se trouver devant l'instrument de torture. Étendu et nu, bras et jambes écartés comme de la viande prête à être embrochée, se trouvait leur ami de la veille, Pedro, et il n'avait pas l'air heureux, ce qui convenait parfaitement à Remy. Le salaud méritait une punition.

Malgré l'absence de bruit, seul un idiot aveugle n'aurait pas remarqué que Pedro souffrait. Les yeux écarquillés, la bouche grande ouverte dans un cri silencieux, mais rien, pas même un sifflement n'en sortait. Ce n'était pas normal. Même les muets faisaient du bruit.

Remy regarda sa sorcière observer l'homme de haut en bas, puis esquisser quelques symboles dans l'air. Il capta un soupçon de magie, l'odeur d'ozone et le picotement électrisant qui firent échouer ses tentatives. La scène demeura identique et suffisamment silencieuse pour permettre même à un bébé démon de s'endormir.

Après quelques instants, elle se retourna, pensive.

— Quel que soit le sort, il est puissant. Et subtil. Je ne peux même pas voir les fils de l'incantation qui l'empêchent de parler.

— Ce qui signifie qu'il a certainement reçu une aide extérieure pour s'évader.

— Impossible, bredouilla Crax. Nous surveillons de près les visiteurs. On les fouille plus en profondeur que leurs amants.

— Mais vous ne pouvez pas voir la magie pourtant, lui rappela-t-elle sèchement.

Crax fronça les sourcils à cette observation.

— Nous aurons besoin d'une copie du journal des visiteurs, ordonna Remy. Et je veux voir leurs cellules. Peut-être que leur mystérieux bienfaiteur a laissé un indice.

— Bien sûr. Suivez-moi.

Ysabel le suivit tandis que Remy préféra reculer ;

plus pour admirer ses fesses qu'autre chose. Rondes avec assez de matière pour les presser. Il avait hâte de…

— Il est encore plus beau quand je suis penchée, lança-t-elle par-dessus son épaule. Non pas que tu le verras un jour. Je garde ça pour mes amis spéciaux.

Elle se mit alors à rire, un son rauque qui atteint directement le sexe de Remy et l'ébranla. Puis, la coquine continua d'avancer en roulant davantage des hanches. Comme il l'avait déjà dit, son Seigneur était expert en torture, même avec ses soldats favoris.

Ils visitèrent cinq cellules d'isolement – murs et sols de pierre, pas de fenêtres, d'épaisses barres métalliques en guise de portes — dépourvues de tout, même d'une couverture.

— Il n'y a rien ici, grogna Remy en arpentant la dernière pièce. Pas même une odeur suspecte.

— Pas de magie, médita-t-elle en passant ses doigts sur les blocs de pierre. Pas de messages gravés. Rien. Comment se sont-ils échappés déjà ?

Crax haussa les épaules.

— On ne sait pas encore. Un instant, ils étaient tous dans leurs cellules à pleurer pour l'abîme, l'instant suivant ils étaient partis. Les portes étaient toujours verrouillées et pas une seule alarme n'avait été déclenchée.

— Et les séquences vidéo ?

Crax lança un crachat qui s'écrasa au sol en grésillant.

— Disparues. Toutes. Et avant de demander : non, nous ne savons absolument pas comment c'est arrivé. Des putains de lutins sûrement. Ces satanés bougres s'infiltrent partout.

— Laissez-moi résumer, demanda Ysabel. Vous avez perdu cinq prisonniers, vous ne savez ni comment ni quand, vous n'avez aucune séquence vidéo à cause d'un dysfonctionnement et vous ne pouvez même pas faire parler une âme enchaînée ?

— Dit comme ça, ça sonne mal.

Ysabel s'approcha de lui et bien qu'elle fît près de trente centimètres de moins, elle sembla grossir face à lui.

— Ce qui sonne mal, c'est que si vous laissez d'autres prisonniers s'échapper, le Diable n'aura pas à vous virer parce que c'est moi qui viendrai en personne découper votre corps en petits morceaux pour les donner à manger aux chiens. L'incompétence est inacceptable et je ne la tolérerai pas.

— Oui m'dame.

Remy éclata de rire en voyant Crax reculer l'air hébété. Il riait toujours quand ils franchirent les portes rouillées.

— Qu'y a-t-il de si drôle ? demanda-t-elle en serrant les dents.

— Toi. Je veux dire, tu n'as même pas été capable de tenir tête à Pedro hier soir et pourtant tu menaces le directeur de la prison de l'Enfer. Ça demande un certain cran.

Il ne reçut aucun avertissement : un simple mouvement de la main d'Ysabel et il s'envola, son corps aéroporté de manière impromptue avant d'être arrêté par un rocher. Et pas lisse en plus. Aïe.

Ysabel s'avança vers lui en ondulant des hanches. L'énergie circulait autour de son corps et soulevait ses boucles dans une danse sauvage. Coincé comme un insecte et paralysé par sa magie, il profita de la vue de sa sorcière furieuse. Quel spectacle !

— Tout d'abord, démon, mettons les choses au clair. Je ne suis pas faible. Ce que tu as vu la nuit dernière était un autre satané sous-paragraphe de Lucifer qui réduit ma force physique et ma magie au même niveau qu'au moment de ma mort, mais uniquement dans la dimension mortelle et en présence des âmes que j'ai damnées. À tout autre moment, je ne dois pas être ennuyée.

— Si tu es si forte, comment se fait-il que je n'aie jamais entendu parler de toi ?

— Je préfère rester loin des feux des projecteurs, contrairement à certaines sorcières de ma connaissance, dit-elle en s'arrêtant devant lui avec un sourire. Mais j'ai un surnom.

— Chaudasse sur un pieu ?

— Non.

— Fessée magique ?

— Certainement pas.

— Je sais, tu dois être la célèbre Gorge Profonde.

— Je vais te faire souffrir.

— J'avais raison ?

— Non. Et tes surnoms inventés me font perdre patience.

— Inventés ? Je te signale que ces surnoms sont ceux des quelques plus célèbres sorcières que je connais. Bien sûr, je ne sais pas si leur capacité magique s'étend au-delà de la perche sur laquelle elles dansent, mais elles sont quand même très connues dans les cercles que je fréquente.

— Pourquoi est-ce que je ne suis pas surprise ?

— Est-ce que tu vas enfin me dire quel est ton

nom ? Parce que je suis prêt à parier que ce n'est pas citrouille magique.

Il fallait vraiment qu'il apprenne à garder ses réflexions pour lui ; chose facile à promettre avec sa poigne de fer autour de ses bourses, ce qui n'était pas vraiment ce qu'il s'était imaginé pour leur premier contact.

Elle les tordit et il grimaça.

— Que ça te serve de leçon pour ne plus me provoquer. Et juste pour info, mon surnom est la Sorcière Sanglante, et mon vrai titre est l'Assistante de Satan.

C'était elle qui faisait trembler toutes les âmes damnées ? Bon sang, comme c'était excitant.

— J'ai *effectivement* entendu parler de toi.

— Bien, alors tu sais de quoi je suis capable. Et j'ajoute que c'est douloureux, précisa-t-elle en se levant sur la pointe des pieds et approchant ses lèvres des siennes.

Mais Ysabel n'était pas la seule à savoir créer la surprise. Elle avait poussé trop loin les limites de la tentation. Remy brisa son lien magique et passa ses bras autour d'elle pour la presser contre son torse.

— Ai-je mentionné qu'en plus de mes pouvoirs avec le feu, je suis capable de dénouer plusieurs formes de magie ? déclara-t-il avant de l'embrasser.

Et par tous les charbons de la fournaise de l'Enfer, il n'avait jamais brûlé d'une telle force.

11

Comment suis-je passée de le remettre à sa place à avoir sa langue dans ma bouche ?

Une question, certes, intéressante, mais pas aussi intrigante que le feu qu'il avait allumé en elle. Il arrivait parfois à Ysabel (généralement lorsqu'elle était ivre) de laisser des hommes l'embrasser (avant qu'elle ne les frappe de sa magie). Mais rien comparé à l'étreinte de Remy. Pas même le baiser de Francisco.

Comment faisait-il pour qu'elle le sente à la fois lui sucer la lèvre inférieure et ce qu'elle avait entre les jambes ? C'était un mystère... un mystère délectable. Comment pouvait-il caresser sa langue de la sienne, et faire courir un frisson de plaisir le long de son corps ? Ça n'avait aucun sens. Il pressa ses fesses et la serra contre son corps ferme. Un corps excité de la sentir contre elle, à en juger par le renflement dur qui poussait contre le ventre d'Ysabel.

C'était de la folie pure – et de l'excitation. Elle voulait lui arracher sa chemise et faire glisser ses ongles le long de son torse. Elle voulait qu'il la soulève pour qu'elle puisse enrouler ses jambes autour de sa taille et…

Elle arracha sa bouche de la sienne et le repoussa.

— Qu'est-ce que tu m'as fait ?

— Je t'embrassais, dit-il en l'étudiant, les yeux brillant de désir.

— Évidemment. Mais comment as-tu fait pour que j'apprécie ? Les baisers ne sont pas censés me donner l'impression de… de…

— D'être une femme belle et désirable qui a besoin d'être touchée par un homme ? Qui a besoin de sentir son…

— Ne t'avise pas de le dire ! Je ne veux pas de toi. Je ne t'apprécie même pas. Encore une fois, quel genre de magie as-tu utilisée ? Ou est-ce une drogue ?

Il sourit.

— C'est ce qu'on appelle la technique d'expert, petite cougar. Je t'aurais cru mieux informée pour une femme expérimentée de ton âge.

Elle refusa de rougir ou de détourner le regard.

— Il m'arrive de fréquenter des hommes.

En réalité, un seul homme lui avait procuré du plaisir, mais il avait fini par la trahir. Mis à part ce qu'elle avait appris avec Francisco, son seul point de comparaison venait d'attouchements sous l'emprise de l'alcool qui n'allaient jamais plus loin que des baisers bâclés, qu'elle terminait par un rinçage de la bouche avec de l'alcool à 99 % pour éliminer tout résidu.

— Rien à voir avec ça, ajouta-t-elle.

— Merci. Pouvons-nous continuer ?

— Non. Et ne refais plus jamais ça.

— C'est ce qu'on appelle un French Kiss.

— Peu importe. Essaye à nouveau et je…

... me pencherai en te suppliant de me prendre. Je crierai pendant que tu me lécheras et je te baiserai jusqu'à ce que...

— Argh ! Je te déteste, s'écria-t-elle.

Taper du pied ne fut pas l'un de ses plus grands moments, d'autant plus qu'elle sentit le regard de Remy s'attarder sur ses fesses, et le pire c'est qu'elle ne s'en tortilla que davantage.

Je dois m'éloigner de lui avant de faire quelque chose de stupide.

Comme avoir un orgasme pour la première fois en cinq cents ans, avec quelque chose qui n'était pas en plastique.

12

Lucifer visa sa cible et s'entraîna à faire quelques swings avec son os de cuisse numéro neuf. Le crâne rétréci attendait qu'il fasse un putt. Il recula et…

— Je veux que tu le castres !

… Son tir partit de travers, s'échappant des piliers et manqua complètement son green intérieur. Il se retourna en soupirant, et fit face à Ysabel, qui, comme d'habitude, paraissait agacée.

— Quoi encore ? demanda-t-il alors qu'elle se laissait tomber sur une chaise.

— Il m'a embrassée.

Il avait toujours su que Remy était plus courageux que les autres.

— Quelle horreur ! Quelle honte ! Et… ?

— Comment ça « *et* » ? Je n'étais pas consentante.

— Alors, dis-lui non.

— Je l'ai fait… si on veut, s'exclama-t-elle avant de soupirer devant son air impassible. Bon d'accord, je l'ai embrassé en retour. Mais je ne voulais pas. Il m'a obligée à le faire.

Lucifer cligna des yeux, enfonça un doigt dans son oreille et l'agita. Il avait sûrement mal compris.

— Il t'a obligée à le faire ? Je suis désolé, mais suis-je soudain entré dans une réalité alternative ? Depuis quand quelqu'un te fait-il faire quelque chose ? Voilà cinq cents ans que j'essaie de te faire arriver à l'heure, et tu n'en fais qu'à ta guise.

Ysabel afficha un sourire narquois.

— C'est pour t'empêcher de t'encroûter. Mais revenons-en au démon qui embrasse. Je veux savoir comment l'empêcher d'utiliser sa magie ou sa potion ou quoique ça puisse être, pour me faire aimer ça.

Intéressant…

— Tu es en colère parce que tu as aimé ça ?

— Elle a adoré, en fait, annonça Remy en entrant à grands pas dans le bureau.

Visiblement, les mauvaises habitudes de sa sorcière déteignaient.

— C'est passé de mode de frapper avant d'entrer ?

Mais ils ne prêtèrent aucune attention à Lucifer, occupés qu'ils étaient à s'affronter.

— Je n'ai pas aimé ça.

— Menteuse. Ta langue dans ma bouche m'a dit le contraire.

— J'étais en train de repousser la tienne.

— Dans ce cas, c'était quoi ces gémissements de plaisir ?

— Je n'ai pas gémi.

— Mmm. Mmm, fit Remy en fermant les yeux, les lèvres en cœur et l'expression béate.

Quand Ysabel leva les doigts, Lucifer se demanda s'il ne ferait pas mieux de se mettre à couvert.

— Je vais te changer en diablotin, menaça-t-elle.

— Avise-toi de me toucher d'une manière non érotique et je te promets de considérer ça comme des préliminaires. Non seulement, je t'embrasserai à nouveau, mais je t'enlèverai tous tes vêtements, je te lécherai de la tête aux pieds, et je te ferai crier mon nom en jouissant, pas une fois, mais trois.

— Tu n'oserais pas, souffla-t-elle, les yeux brillants de colère – et plus intrigant pour Lucifer – d'intérêt.

Sans leur laisser le temps de causer le moindre dommage, en tout cas à son mobilier, Lucifer claqua des doigts et les figea. Il se fichait plus ou moins de ce que ces deux-là pouvaient bien faire, mais il avait passé plusieurs mois dans la nature à pourchasser la bête qu'il avait transformée en bureau.

— Les enfants, les enfants, dit-il en mettant les mains derrière son dos et en prenant une posture paternelle qui faisait généralement rire sa fille, Muriel. Dois-je vous rappeler que je vous ai confié une mission. Une mission que tu devrais, dois-je te le rappeler Ysabel, être très impatiente de terminer. S'il y a bien une chose dont je n'ai pas besoin, c'est que vous la FOUTIEZ EN L'AIR !

Sa voix qui était progressivement montée dans les aigus se termina dans une explosion.

— J'ai été plus que tolérant, mais ça suffit. Cesserez de me rapporter vos petites querelles et effectuez le travail pour lequel je vous ai assignés. Et si tu ne veux pas qu'il mette sa langue dans ta bouche, Ysabel, mords-la. Bien que, franchement, si tu as apprécié tant que ça, je ne vois pas quel est le problème. Peut-être qu'il pourrait t'aider à retirer le bâton que tu as dans le cul si tu le laissais l'embrasser par l'autre bout. Maintenant, si nous avons fini – et comme je suis le patron, je dis que c'est le cas – partez et ne revenez pas avant d'avoir fini, sinon je vous attacherai ensemble et je vous jetterai dans une pièce sombre jusqu'à ce que vous appreniez à vous entendre. Ou que vous baisiez un bon coup. Peu m'importe lequel, bien que je préfère le dernier pour pouvoir regarder.

Un claquement de doigts, et le duo furieux s'éloigna, silencieux pour le moment, mais il était prêt à parier que cela ne durerait que jusqu'à ce qu'ils atteignent le couloir.

Bingo…

— Je n'ai encore jamais vu un bâton dans un cul. Tu veux bien te pencher et me montrer ? (grand coup sur la tête). Aïe, c'était totalement injustifié.

Lucifer soupira en s'effondrant sur sa chaise, trop épuisé pour continuer à s'entraîner. Au rythme où allaient les choses, ses manigances ne porteraient jamais leurs fruits et pire encore, son frère lui botterait royalement les fesses lors de leur tournoi centenaire de Golf Across the Planes.

13

Appuyé contre le comptoir, Remy regardait Ysabel arpenter la boulangerie. Elle n'avait pas dit grand-chose depuis qu'ils avaient quitté le bureau de Lucifer, pas même pour protester quand il avait loué une moto plutôt que s'infliger son instrument de torture des testicules. Ça avait totalement gâché son plaisir, même s'il avait plutôt apprécié le trajet, accélérant dans les virages pour le simple fait qu'elle s'accroche plus fort à lui. Il avait déjà croisé des pythons avec des poignes plus faibles.

Mais, il n'avait pas pensé aux casques – stupides lois mortelles – et au bruit du moteur qui rendait toute conversation impossible. Dommage, car il aimait vraiment leurs joutes verbales. Il continua donc de parler, sachant qu'elle finirait par sortir de sa réserve et tout lui donner.

Tout comme j'aimerais tout lui donner, nu.

— Alors, quand penses-tu qu'elle se montrera ? demanda-t-il tout en l'observant faire les cent pas.

Elle avait troqué sa jupe de la veille contre un jean

moulant, un tee-shirt écrit : « Tu me touches, tu MEURS ! » et une veste en jean qui s'était démodée dans les années 80.

— Hum, comme je l'ai dit il y a cinq minutes, probablement vers 3 ou 4 heures du matin, avant l'arrivée de sa millionième arrière-petite-fille.

— Que veux-tu ? J'adore le son de ta voix, répliqua-t-il tout sourire en la voyant se renfrogner. Mais sérieusement…

— Non ? C'est possible avec toi ?

— Donne-moi une chance et je te montrerai.

Elle lui répondit par un reniflement, probablement inconnu au manuel « Comment se comporter comme une dame », mais qu'il trouva tout de même mignon et tellement partie intégrante de son charme de sorcière.

— Que dirais-tu, une fois tout ça fini, que nous sortions ensemble. Pour manger, prendre un verre, peut-être danser un peu.

— C'est encore un autre terme pour dire « sexe » ?

— Non. Mais puisque tu en parles, je t'annonce officiellement que ça me va parfaitement.

Devant son large sourire, Ysabel se mordit la lèvre pour s'empêcher de le lui rendre.

Qu'elle l'admette ou non, elle commence à m'apprécier.

— C'est quoi ton problème ? Pourquoi es-tu aussi déterminé à me faire écarter les jambes ? C'est parce que je n'ai pas relevé mes jupes en te suppliant de me prendre ? C'est devenu un défi ?

— Non. Tu n'es pas la première à faire semblant de te faire désirer, dit-il en haussant les sourcils quand elle parut s'étouffer. Même si je veux bien reconnaître que tu tiens plus longtemps que la plupart. Franchement, je te trouve plutôt cool pour une sorcière.

Cool, intrigante, sexy et plus encore. Elle consumait toutes ses pensées qu'il soit éveillé ou endormi. Sa nouvelle mission dans la vie consistait à tout apprendre d'elle : ce qu'elle aimait ? Dormait-elle nue ? avait-elle pleuré ou applaudi à la fin de Fidèle vagabond ? Était-elle câline ? Du genre à plier le papier toilette ou le froisser ?

Cette fascination pour une femme, autre que pour uniquement du sexe, le choqua. Pourquoi elle ? se demanda-t-il. Pourquoi maintenant ? La réponse lui échappait, mais une chose était certaine :

Je veux cette sorcière.

Et il voulait qu'elle le désire aussi.

— Je suis cool ? Waouh, mon pauvre petit cœur va exploser d'émotion. Avec ce genre de compliment, comment ne pas avoir envie d'écarter les cuisses ? le railla-t-elle avant de lever les yeux au ciel : nous n'avons rien en commun et je ne suis pas du genre coup d'un soir.

— Est-ce que tu as déjà essayé au moins ? Parce que je te le recommande chaudement.

Il devinait pourtant qu'une fois ou deux, ni même un million de fois avec elle, ne pourrait jamais éteindre son désir.

— Tu m'étonnes. Non merci. La vie de célibataire me convient très bien.

— Dixit la fille qui fait introduire de grosses piles D en contrebande.

En la voyant bouche bée, il se mit à ricaner.

— Avant que tu ne poses la question, j'ai mes sources. Mais voyons voir... à quoi pourraient-elles bien servir ? Une lampe de poche ? C'est peu probable étant donné que tu peux claquer des doigts et créer de la lumière. Un lecteur-cassette ? Non, c'est fini depuis les années 80. Qu'est-ce que ça nous laisse ?

Ysabel se hissa avec souplesse sur un plan de travail en acier et lui sourit.

— Bien. Je l'admets. C'est pour Big D. Vingt-trois centimètres, épais, avec un réglage vibrant garanti orgasme. Quand je suis pressée et d'humeur à me donner du plaisir, je n'utilise même pas de lubrifiant. Je n'ai qu'à le mettre dans ma bouche, comme ça.

Joignant le geste à la parole, elle inséra son majeur et le suça lentement et sensuellement, si bien que Remy faillit se mettre à genoux et baver.

— Je le mouille bien avant de me caresser ici.

Elle posa une main sur son jean, et il ne pensa plus qu'à la remplacer par sa bouche.

— J'essaie de l'enfoncer, mais c'est tellement gros, et je suis tellement serrée que je dois le travailler, en tournant et en poussant de plus en plus profondément, expliqua-t-elle avec un mouvement du bassin tout en s'humectant les lèvres. C'est tellement bon.

Y avait-il une fin aux surprises avec elle ?

— Oh oui. Ne t'arrête pas maintenant.

Il visualisait parfaitement la scène, mais en substituant son sexe au vibromasseur. Oh, sentir ses lèvres sur lui. Ou son fourreau serré alors qu'il se frayait un chemin en elle.

— Je jouis et c'est fini. Et le mieux avec Big D, c'est qu'il ne répond jamais.

— Je te laisserai me bâillonner si ça peut aider. Merde, attache-moi et laisse-moi juste regarder.

— Dans tes rêves, dit-elle en lui envoyant un baiser. Maintenant, si tu as fini de sonder ma vie sexuelle, est-ce qu'on peut reprendre le travail ?

Oh, il adorerait la sonder *en personne*. Mais le devoir l'appelait.

— Le travail est arrivé.

— Quoi ?

Ayant utilisé d'autres sens que ses oreilles, Remy avait entendu l'arrivée de quelque chose de pas tout à fait mortel. Il posa un doigt sur ses lèvres et lui fit signe de se taire. Ils se tinrent des deux côtés opposés de la porte battante menant à la devanture, et attendirent.

L'âme n'ouvrit pas la porte pour entrer, mais s'évapora pour apparaître soudain dans la cuisine. Face à la petite silhouette féminine, Remy bondit et… attrapa une poignée de rien.

Leur cible s'était rematérialisée à quelques mètres de là et les regardait avec des yeux noirs et brillants.

— Je ne crois pas, démon

— Oh que si, Emmanuelle, déclara Ysabel en s'avançant avec détermination vers la damnée.

— Oh, mais c'est notre petite sorcière que voilà. Toujours énervée avec cette histoire de Francisco ? Vraiment, tu devrais oublier. Il n'était même pas si doué que ça.

Intéressant. Pour la première fois, entendre parler de l'infidélité de Francisco ne lui causa aucune souffrance.

— Ravie de voir que tu es toujours aussi classe. Bon, tu vas me faciliter les choses ou me faire passer la journée à courir ? J'aimerais juste une excuse pour te blesser.

— Puta ! Je ne retournerai pas dans cette prison. Je ne mérite pas d'être punie. J'ai rien fait de mal.

— Rien sauf coucher avec tous ceux qui n'étaient pas mariés à toi *et* m'accuser de sorcellerie.

— Encore ça ! C'était il y a si longtemps. J'ai complètement oublié. Tu devrais en faire autant. Maintenant si tu veux bien m'excuser, j'ai un bien meilleur endroit où aller, dit Emmanuelle en s'évaporant.

Tout en jurant, Ysabel attrapa un bol de sucre en poudre et le jeta en l'air, dispersant une fine poussière qui recouvrit le brouillard flottant. Remy comprit et chercha autour de lui avant de tourner son attention vers un pichet de jus de cerise. Il le jeta sur la boule de poudre blanche qui s'étala au sol alors que les particules absorbaient le liquide.

— Attrape-la, ordonna Ysabel en commençant à chanter.

Attraper une boule d'air collante ? Comment était-il censé faire ça, bordel ? Il prit tout ce qui lui tombait sous la main pour le jeter sur l'esprit rampant et immatériel. Mais rien n'arrêtait son avancée vers la porte. Il ne pouvait pas non plus l'immobiliser et le retenir, car ses mains traversaient le nuage colorié avec pour seul effet de devenir gluantes.

Ysabel termina son sort avec une petite accélération, et Emmanuelle se rematérialisa, toute visqueuse. Sa sorcière s'avança alors vers elle avec un sourire narquois et lui asséna un grand crochet gauche en pleine bouche.

— Waouh, crêpage de chignon en vue ! s'écria Remy.

Ysabel lui décocha un regard de dégoût et saisit Emmanuelle qui chancelait, par les cheveux pour la plaquer contre le plan de travail.

— Avant de te renvoyer en enfer, j'ai quelques questions à te poser.

L'âme damnée serra les lèvres.

Ysabel se pencha plus près et baissa la voix :

— Le silence ne te rendra pas les choses plus faciles. Tu devrais savoir maintenant que le sang ne me rebute pas. Dis-moi qui vous a aidés à vous échapper.

Quand Emmanuelle secoua la tête, Ysabel cogna son visage contre le plan de travail. Remy tressaillit au bruit du craquement d'os.

— Essayons encore. Qui t'a aidée à t'échapper ?

— Une fée violette en spandex scintillant.

La réponse surprenante les fit tous cligner des yeux, y compris Emmanuelle.

— Arrête ça, martela sa sorcière en tapant à nouveau sa captive contre le plan de travail et serrant plus fort son poing autour de ses cheveux. Qui t'a aidée à t'échapper ?

— Un hippopotame en rollers, répondit Emmanuelle en se mordant la lèvre, les yeux écarquillés.

Remy reconnut chez elle les signes de la confusion.

— Euh, Ysabel, je ne pense pas qu'elle puisse te répondre.

— Vraiment ? dit sa sorcière en lui lançant un regard sombre. C'est drôle que tu me dises ça, parce qu'elle continue de remuer la mâchoire chaque fois que je le lui demande.

— Oui, mais je ne pense pas que ce soit elle qui prononce les mots. C'est toi qui parles ?

Emmanuelle secoua la tête.

— Mais même si je le savais, je ne te le dirais pas, sorcière !

Ysabel soupira, et lui mit un coup de pied dans le

ventre. Alors qu'Emmanuelle se pliait en deux, haletante, sa sorcière secoua la tête.

— J'aurais dû me douter que c'était une perte de temps de l'interroger. Personne ne dit jamais ce qui se passe.

— Salope, cracha l'âme capturée. J'ai hâte d'entendre tes cris quand Francisco te rattrapera.

— Ce seront des cris de joie. Profite de la fosse. Il paraît que Crax est particulièrement impatient de te revoir, déclara Ysabel en lui enfonçant l'étiquette de la prison Hell.

L'expression horrifiée, Emmanuelle disparut, mais ses paroles menaçantes s'attardèrent.

— Je ne laisserai rien t'arriver, lui assura Remy en gonflant le torse. Tu n'as pas à t'inquiéter de ce que Francisco pourrait te faire.

Étrangement, l'idée que quelqu'un puisse blesser sa petite cougar lui déplaisait. Et ce qui lui plaisait encore moins, c'était de savoir que cet autre mâle, si l'on en croyait Emmanuelle, avait touché à sa sorcière.

Mais peu importe, car une fois que je me serais occupé d'Ysabel, elle ne se souviendra même plus de son nom.

Oui, il était doué à ce point, ou du moins c'était ce que son ego supposait. Lui-même ne posait pas souvent la question.

— Je ne m'inquiète pas pour lui. Un gringalet dans la vie qui n'est qu'un minable pathétique dans la mort.

— Qu'est-ce qu'il t'a fait exactement ? Cette bonne femme semblait insinuer que vous aviez une liaison tous les deux.

— Ça ne te regarde pas. Nous en avons terminé

ici. Si ça ne te dérange pas, j'aimerais rentrer à la maison.

— Tu vas te déshabiller et jouer avec Big D ?

— On aimerait bien savoir, hein ? dit-elle en souriant.

— Je préférerais participer.

— Dans tes rêves, démon.

— Oh tu l'es, ma sorcière, et puis-je ajouter que tu y es très nue et très souple.

— Je te déteste.

— Et pourtant je parie que tu penseras à moi quand tu te toucheras.

Lui en tout cas avait pensé à elle lorsqu'il s'était douché aujourd'hui... il avait aussi pensé à elle quand il s'était caressé et qu'il avait joui... deux fois.

— Oh, je penserai à toi et aux méthodes pour te tuer. Ma préférée jusque-là c'est de t'empaler dans le désert de la Fosse, de te déshabiller et...

— Oooh, ça m'excite.

— T'enduire de miel.

— Oui bébé. Pitié, dis-moi que le reste parle de langue.

— C'est le cas — des centaines de langues quand j'invoquerai les lézards de feu et que je te proposerai comme déjeuner.

Malgré ses menaces et promesses de mort, il ne put s'empêcher de rire. Sa mère en aurait fait autant si elle l'avait entendue, car son idée de la torture ressemblait étrangement à la cour qu'elle et son beau-père s'étaient faite.

Je savais qu'elle avait un faible pour moi !

14

En rentrant à la maison une heure plus tard, les vêtements secs cette fois – abstraction faite de sa culotte – elle essaya de se débarrasser de son assistant-démon au portail. Mais telle une tique, il ne la quitta pas d'une semelle, et la suivit jusque chez elle.

— Je n'ai pas besoin que tu me protèges, grommela-t-elle pour la cinquième fois alors qu'ils parcouraient les couloirs du palais.

— Il y a encore trois âmes portées disparues et leur mystérieux bienfaiteur.

— Seul un idiot essaierait de m'aborder presque sous le nez de Lucifer.

— Ou quelqu'un de désespéré.

Elle ne prit pas la peine de répondre. Comme il ne semblait pas enclin à renoncer, elle le laissa la suivre, mais elle ne put s'empêcher de se faire la réflexion qu'il ne ressemblait en rien à ce qu'elle avait imaginé.

Malgré ses insinuations sexuelles et son unique baiser volé, il ne l'avait jamais harcelée et n'avait pas essayé de s'imposer par la force. Et pour dire vrai, il n'aurait même pas eu à insister longtemps, car chaque fois qu'elle revivait leur baiser, tout son corps se changeait en flaque d'eau. Le simple fait de le regarder lui sourire provoquait en elle une lutte intérieure et elle devait s'empêcher de se jeter sur lui pour lui arracher ses vêtements et lui faire toutes sortes de choses coquines et diaboliques.

Ça n'avait aucun sens. Il était pourtant l'exemple type du parfait dragueur ; un homme qui utilisait les femmes pour le sexe. Pourtant elle le désirait. Elle le désirait comme elle n'avait jamais désiré Francisco.

Peut-être que j'ai finalement perdu la tête.

Ou, alors elle avait fini par guérir et pouvait à présent envisager de laisser quelqu'un entrer dans son lit... à des conditions strictes bien sûr. Tant que c'était en toute connaissance de cause, pourquoi ne pas l'utiliser pour le sexe et retrouver ce contact charnel qui lui manquait, même si elle détestait l'admettre. Mais rien d'autre ! Pas d'amour, pas de couple, juste de la sueur, de l'ardeur et...

— Home sweet home, ma petite cougar.

Ils y étaient. Pendant qu'elle rêvassait sans regarder autour d'elle – une bonne façon de se faire tuer – ils étaient arrivés à sa porte nouvellement réparée.

Elle se tourna alors vers lui et le regarda dans les yeux.

— Merci. Je suppose qu'on se voit demain.

— Tu veux dire, tout à l'heure ?

Le sourire nonchalant qu'il lui adressa, lui fit des choses étranges à l'intérieur, et quand il la fixa d'un regard assombri et empli d'intensité, le picotement se déplaça du ventre d'Ysabel à plus bas.

Était-ce elle qui s'était penchée vers lui, ou l'avait-il planifié depuis le début ? Mais quelle importance, quand pour finir il la prit dans ses bras et écrasa la bouche sur la sienne ?

La réalité dépassait le fantasme. Elle n'avait pas exagéré ses souvenirs, réalisa-t-elle alors que le brasier que lui seul était capable de déclencher, la submergea pour la laisser tremblante et emplie de désir.

Sous l'insistance de sa langue, elle ouvrit la bouche et le laissa s'introduire et la dévaster, incapable de faire cesser les frissons ou les gémissements qui lui échappèrent. Ses mains puissantes caressèrent son dos avant de descendre plus bas et prendre ses fesses. Il serra – elle haleta, un son auquel il répondit par un petit rire.

Folie et pure démence. Sinon comment expliquer qu'elle soit pendue à son cou au milieu du couloir alors que son lit n'était pas loin ?

Le degré de sa propre folie la choqua suffisamment pour la ramener à la réalité. Elle s'éloigna alors de Remy, les lèvres enflées et son corps protestant de toutes ses forces, et saisit la poignée de sa porte en inspirant profondément pour se calmer.

— Bonne nuit.

— Tu veux plutôt dire « entre » ? Et par là, tu veux sûrement parler de ce doux point entre tes jambes.

La réplique grossière balaya les résidus de séduction.

— Ce n'est pas nécessaire, déclara Ysabel les lèvres pincées. J'ai Big D pour ça, mais merci de m'avoir chauffée. Je manquais de lubrifiant, et mon nectar naturel me sera utile.

Et avec cette réplique acide, elle claqua la porte au nez étonné de Remy.

Une fois en sécurité dans le havre de sa maison – à moins qu'il ne choisisse à nouveau d'enfoncer la porte – elle attendit et tendit l'oreille. Pas un son ne traversa l'épaisse barrière. Pas un coup ni une secousse. Pas de bois qui vole en éclats.

Il est parti.

Non, elle n'était pas déçue, se morigéna-t-elle alors que ses épaules s'affaissèrent. Juste soulagée de ne plus avoir à le supporter. Oui, voilà.

En traînant les pieds, elle se déshabilla sur le chemin de sa chambre, laissant l'air frais caresser sa peau, mais sans pour autant refroidir la fièvre qui coulait toujours dans ses veines.

Pourquoi ne l'ai-je pas invité ?

Il aurait accepté et l'aurait baisée jusqu'à ce qu'elle crie grâce. De ça, elle en était certaine, et elle aurait même apprécié. Et cerise sur le gâteau : il n'était pas du genre à vouloir une relation suivie. Avec lui, elle n'aurait que ce qu'il lui avait promis : des relations sexuelles sans engagement.

Et il serait temps !

Cependant, et c'était là que résidait le problème – pouvait-elle se rapprocher de quelqu'un sans s'attacher ? Malgré ses railleries, sa vantardise, et son aversion générale pour les démons, elle ne pouvait plus affirmer qu'elle détestait Remy. Au contraire, plus ils passaient du temps ensemble, plus elle l'appréciait.

Quelle terrible erreur.

Remy n'avait pas l'étoffe d'un petit ami.

Et je ne veux pas de petit ami !

Ou du moins pas un dont le numéro était griffonné dans toutes les toilettes publiques pour femmes de l'Enfer.

Par contre pour une bonne partie de jambe en l'air…

Elle soupira en se laissant tomber sur son lit. La solitude l'avait-elle finalement poussée à bout ? Était-elle désespérée au point de s'imaginer des sentiments pour le pire candidat possible ?

Ou peut-être que je suis simplement très excitée.

Pour ça par contre, il y avait une solution. Saisissant Big D dans le tiroir de sa table de chevet, elle essaya de ne pas comparer sa matière froide et caoutchouteuse à la bosse dure de Remy. Alors qu'elle le glissait entre ses cuisses, elle tenta de ne pas prétendre que c'était Remy qui s'enfonçait en elle. Remy la pénétrant, la baisant, la caressant. *M'aimant…*

Quand elle cria sous l'effet de l'orgasme, c'est son visage qu'elle vit, son nom qu'elle prononça.

Allongée et le corps alangui, elle le maudit d'avoir complètement capturé son esprit et son corps. Comment effacer le sortilège ? Comment l'effacer lui ?

Le téléphone sur sa table de nuit sonna.

— Quoi ? gronda-t-elle en décrochant.

— Je voulais juste te demander comment j'étais ? Parce que tu étais superbe, ronronna-t-il.

Comment avait-il… ? Qu'avait-il… ? Elle sentit l'excitation revenir en force à ses paroles, ce qui l'irrita.

— Felipe était génial.

— Qui ? grogna-t-il.

— Felipe, mon sex friend. Je ne t'en ai pas parlé ? Il m'attendait à l'intérieur, et humm…

Elle fit une pause pour l'effet avant de poursuivre :

— Disons simplement que ce n'était que cris de plaisir et sécrétions. Si ça ne te dérange pas, j'y retourne. C'est l'heure du deuxième tour.

Le bourdonnement infernal quand il raccrocha avec force ne lui plut pas autant qu'elle l'aurait cru. Et malgré le fait qu'elle resta éveillée pendant un long moment, la porte ne fut jamais défoncée. Remy ne fit jamais irruption dans un accès de rage et de jalousie pour botter le derrière de son amant imaginaire.

Le crétin.

15

Lucifer mordit dans son extra-hot dog – un mélange de teckel et collie avec une pointe de moutarde et de sauce piquante. Hum, rien de tel. Dire que les mortels utilisaient des saucisses de porc et de bœuf hachées. Prenant une autre bouchée, il ne répondit pas immédiatement lorsque Remy se laissa tomber en grognant sur le tabouret de cuisine à côté de lui.

— Elle a un petit ami !

— Qui donc ? demanda-t-il après avoir dégluti tout en tentant de comprendre les propos de son soldat.

— La sorcière. Ysabel. Je viens de l'appeler pour lui souhaiter bonne nuit et elle m'a raccroché au nez pour remettre le couvert avec Felipe, expliqua Remy, les lèvres retroussées de dégoût.

Lucifer se mit à glousser.

— Qu'y a-t-il de si drôle, patron ?

— Que tu puisses la croire. Ysabel n'a plus

fréquenté d'homme depuis que son seul et unique amant l'a trahie.

Lucifer s'en souciait comme d'une guigne d'ailleurs : l'erreur de Francisco lui avait rapporté un contrat de cinq cents ans et une âme.

— Êtes-vous en train de dire qu'elle l'a inventé ?

— Felipe c'est le nom de son chat. Et aux dernières nouvelles, elle n'aime pas les animaux. Et puis on s'en fiche qu'elle ait un petit ami ? Ce n'est pas comme si tu étais intéressé ?

Il prit une autre bouchée de son hot dog tout en regardant sournoisement son serviteur tourmenté. Ça l'amusait infiniment de voir Remy tenter de combattre ses sentiments.

— Évidemment que je ne suis pas intéressé. C'est juste une mission.

Lucifer renifla et fit jaillir une flamme qui brûla son cornichon.

— Bien que j'apprécie le mensonge, même moi, je ne suis pas aussi stupide. Tu l'aimes bien.

— Peut-être. Mais elle me déteste.

— Depuis quand ça te pose un problème ?

— Elle est différente.

— Vraiment ? C'est amusant, elle ressemble à une femme pour moi. Deux jambes. Une paire de seins. Un trou au lieu d'une barre. Frappe-la de ton célèbre charme sexuel, baise-la bien comme il faut et oublie-la.

Remy le regarda, les traits crispés.

— Elle est plus qu'un simple trou. Elle est intelligente, impertinente. Et courageuse aussi.

— Hum, ça ressemble aux paroles d'un homme qui cherche plus qu'un coup rapide.

— J'en ai bien peur.

— Pardon ? Un soldat de l'Enfer qui a peur d'une toute petite femme, se moqua Lucifer avant de rire devant le front arqué de Remy. Bon d'accord, elle dispose d'une puissance non négligeable, mais quand même. On dirait que c'est l'idée de l'engagement qui te fait peur, mon garçon.

— Pas exactement. Même si ça doit faire pleurer toute la population féminine, et aussi choquant et inattendu que cela puisse paraître, même pour moi, je pense être prêt à m'installer avec une femme bienheureuse. Et je suis presque sûr que c'est la sorcière.

— Donc quel est le problème ?

— Euh, le fait qu'elle va probablement essayer de me tuer. En fait, elle me l'a promis. Ce n'est pas exactement ce que j'appellerais un bon début.

— Alors, fais-la changer d'avis. Montre-lui une autre facette de toi. De préférence une facette qui ne renifle pas le derrière de toutes les femmes. Présente-lui le soldat aux dizaines de mentions élogieuses. Présente-la à ta famille.

À la mâchoire tombante de Remy, Lucifer se corrigea avec ironie.

— Après réflexion, saute cette partie.

— Ça paraît si facile à vous entendre.

— Parfois, ça l'est.

— Comment avez-vous conquis Terre Mère ? Vous êtes complètement à l'opposé et pourtant ça semble marcher entre vous.

Lucifer fronça les sourcils.

— Maudite femme. Ne prononce pas son nom. Elle serait capable de se pointer et me gâcher mon en-cas. Je ne dois pas manger d'aliments épicés avant l'heure du coucher, la mima-t-il d'une voix aiguë. C'est pourtant à ça que sert une bouteille pleine d'antiacides.

— Mais j'ai l'impression que vous l'aimez bien ?

Lucifer leva les yeux au ciel.

— Bien sûr que oui. Mais ça ne veut pas dire que nous n'avons pas nos différends, mon garçon. C'est ce qui rend notre relation fraîche et excitante. Je lui désobéis. Elle me punit. Je suis furieux et je la pourchasse dans le château pendant qu'elle rit et se déshabille.

— Euh, vous m'en dites trop patron.

— Mais non. En dire trop serait que je t'invite à regarder la vidéo privée que j'ai faite. Mais, on s'éloigne du sujet. Oublie ma fabuleuse vie sexuelle – difficile, je sais puisque je suis formidable – et concentrons-nous sur toi, ce qui va encore une fois à contre-courant puisque l'Enfer tourne autour de moi. Arrête de te comporter comme une chiffe molle avec la sorcière, et passe à l'attaque. Tu la désires. Elle aussi, sinon elle t'aurait déjà transformé en insecte et écrasé. Tout le reste s'arrangera au fur et à mesure.

Remy se redressa.

— Vous avez raison. Je suis un soldat de l'armée de l'Enfer. Rien ne peut se mettre sur mon chemin. Je vais prendre exemple sur le plus grand coureur de jupons que l'Enfer ait connu et…

— Chut ! Tu essayes de me faire expulser du lit conjugal ou quoi ? Gaia déteste que les gens lui rappellent ma réputation.

— Tu veux dire celui d'un dragueur invétéré ?

La silhouette menue de Terre-Mère apparut soudain et Lucifer faillit tomber de sa chaise.

— Tu ne pourrais pas frapper avant d'entrer ?

s'exclama-t-il.

— Comment t'écouter te vanter de tes prouesses chaque fois que tu m'as trompée dans ce cas ? répliqua-t-elle sèchement alors que ses yeux verts lançaient des éclairs.

— Pour la millionième fois, je ne savais même pas que nous étions en couple. Comme c'est pratique pour toi d'oublier le sort que tu m'as jeté. Tu te souviens ? Celui qui a effacé tous mes souvenirs de toi ?

Elle émit un reniflement de mépris.

— Un homme qui m'aurait vraiment aimée, n'aurait pas oublié et ne se serait pas égaré.

— Nous faisions un break ! hurla Lucifer.

— Cette excuse n'a pas marché pour Ross, et elle ne marchera pas pour toi non plus.

— Euh, je pense que je vais vous laisser.

Remy se leva de sa chaise et recula en voyant Gaia tourner son regard féroce sur lui. Le démon écarquilla les yeux et détala à toute vitesse.

Rieuse, Gaia se jeta sur les genoux de Lucifer.

— C'était très drôle, même si j'ignore qui c'est.

— Ma première tentative d'expérimentation.

— Expérimentation dans quoi ? demanda-t-elle.

— Pourquoi parler travail alors que j'ai quelque chose de plus intéressant à te montrer, répliqua-t-il avec un regard lubrique, et pas du tout disposé à divulguer son plan de maître.

Heureusement pour lui, elle s'intéressa à son dur problème. Et non, il ne voulait pas parler de son pénis, pervers malades, bien qu'il finisse par y venir quand il l'inclina contre un rocher qu'il venait de faire ajouter au jardin en guise de cadeau pour elle. Sa forme de pénis semblait tout à fait appropriée dans cet endroit, surtout lorsqu'elle commenta sa taille exceptionnelle.

16

Le coup frappé à la porte lui fit lâcher bruyamment la brassée de glaçons dans la baignoire. Elle prévoyait de prendre un bain polaire pour apaiser son corps après les flammes. Ça lui avait coûté plusieurs potions et un sort pour obtenir autant de glace en même temps, étant donné que le climat de l'Enfer n'était pas vraiment propice au froid.

Les objets mortels de base, comme les réfrigérateurs, avaient tendance à ne fonctionner que sporadiquement ou pas du tout ici. Une part du problème venait des générateurs d'électricité dédiés à chaque cercle. Il fallait que beaucoup de damnés pédalent sur les vélos qui faisaient tourner les turbines pour créer de l'électricité. Si une pandémie supprimait une section – l'Enfer n'étant malheureusement pas à l'abri de la maladie – alors des baisses de tension se produisaient. Moins dans le palais du Seigneur bien sûr, car il avait le premier choix de pédaleurs, mais malgré cela, le matériel électrique n'était pas toujours fiable.

Non pas que Ysabel s'en souciait. Elle avait grandi

dans des conditions bien plus primitives. En fait, elle continuait de refuser la tendance moderne de posséder un hellphone ou de publier un profil sur Hellbook. Elle laissait ce genre d'accessibilité facile et de modernité aux jeunes sorcières.

Une fois la baignoire pleine, elle recula pour regarder le monticule de glaçons. Déjà, la chaleur de sa maison commençait à les faire fondre. Un autre coup résonna à la porte, plus— un martèlement impatient, et elle jura. L'horloge lui indiqua qu'elle n'était qu'à quelques minutes de sa torture quotidienne.

Qui que ce soit, cette personne doit partir.

Elle courut jusqu'à la porte et l'entrebâilla. Des yeux turquoise familiers la fixaient.

— Petite sorcière, petite sorcière, laisse-moi entrer, chanta-t-il d'une voix rauque.

Un sourire recourba les lèvres d'Ysabel.

— Non non, par la verrue sur mon menton. Et avant que tu essays de souffler et de souffler, Nefertiti elle-même a protégé cette porte par un sort. Alors, ne pense même pas à la faire sauter.

— Alors, ouvre. Je crois avoir une piste sur l'évadé numéro trois.

Un coup d'œil à l'horloge lui indiqua qu'il ne restait qu'une minute.

— Euh, je suis en quelque sorte en plein milieu de quelque chose. Tu peux revenir dans une demi-heure ?

— Pourquoi ne pas simplement me laisser entrer, et j'attendrai le temps que tu termines ton truc ? Je promets de ne pas regarder, à moins que tu préfères avoir un public.

— Je ne peux pas. S'il te plaît. Va-t'en. Je te promets que je te laisserai entrer quand tu reviendras.

Les yeux de Remy se plissèrent avec méfiance.

— Ouvre cette porte, Ysabel.

— Non. Maintenant, va-t'en. Je te parlerai dans une demi-heure.

Elle claqua la porte et ne s'autorisa qu'un court moment à s'y appuyer avant qu'il n'abatte son poing dessus. Mais elle n'avait pas le temps de gérer sa frustration.

Le chatouillement dans ses orteils débuta, et elle courut vers la salle de bain en se débarrassant de sa robe en chemin. Le feu explosa, et debout sur le carrelage en pierre de lave de sa salle de bain, elle se concentra pour respirer et bloquer la douleur qui montait en flèche.

Je ne dois pas crier. Remy est peut-être encore là, à écouter.

Pourquoi était-ce important ? Elle n'aurait su le dire, mais ça l'aida à se concentrer pendant un court instant. Cependant, le châtiment fut le plus fort. Les flammes léchèrent son corps en détruisant ses sous-vêtements et elle ne put s'empêcher de crier alors que tout son être était déchiré par la douleur.

Faites que ça s'arrête. Faites que ça s'arrête.

Mais elle eut beau demander, prier, supplier, rien n'arrêta la torture.

Alors que le brasier continuait de la consumer, le craquement du feu rugit à ses oreilles et un coup d'œil dans son miroir la terrifia : ce qu'elle voyait c'était un bûcher vivant en feu. Elle ferma les yeux sous la chaleur aveuglante, qui ne faisait que s'amplifier.

Ses genoux fléchirent, mais elle ne tomba pas. Quelque chose l'enlaça et elle gémit en sentant plus qu'elle ne vit les bras de Remy s'enrouler autour de sa taille. Ça devait être lui. Qui d'autre était assez fou pour enfoncer sa porte et s'interposer à ce qu'elle subissait ?

Forçant ses yeux à s'ouvrir, des yeux qui voulaient pleurer, mais qui en étaient incapables face à cette chaleur qui asséchait toute humidité, elle vit les flammes – peu regardantes sur le choix des matériaux de combustion – danser sur la peau de Remy. Même en proie à son propre cauchemar, elle conserva assez de lucidité pour essayer de le repousser de ses mains aussi rougeoyantes qu'un brasier.

Il ne bougea pas, ne cria pas et se contenta de la tenir pendant que le sortilège suivait son cours.

Ensuite, une fois les flammes éteintes, et sans qu'on le lui dise, il la posa dans le bain de glace. Le froid choquant fut un soulagement bienvenu. Haletante de douleur, elle était incapable de parler, mais restait consciente de ses mains qui repoussaient ses cheveux de son visage et qui passaient son bras autour de ses épaules pour la bercer.

— Ma pauvre petite sorcière, murmura-t-il. Pas étonnant que tu te sois cachée.

Claquant des dents alors que le froid pénétrait ses membres fiévreux, elle tenta de répondre.

— Qu-qu'est-ce qu-quee je peux dire ? Je suis chh… aude.

Comme elle ne l'entendit pas rire, elle ouvrit les yeux et vit qu'il l'observait avec une expression crispée.

— Depuis combien de temps est-ce que ça dure ? Et pourquoi ?

— D-d-depuis que les âmes se sont évadées. Et ça ne s'arrêtera pas tant que je ne les récupérerai pas.

Alors que le froid s'infiltrait à travers son corps,

engourdissant ses nerfs enflammés, mais intacts, elle se détendit.

— Selon mon contrat, je subirai quotidiennement le moment de ma mort, et le supplice augmentera chaque jour où ils resteront en liberté.

— Tu as été brûlée vive !

C'était moins une question qu'une déclaration choquée.

— C'est ce qu'on faisait aux sorcières à l'époque, dit-elle d'un ton léger.

Elle remua dans son bain de glace, recouvrant rapidement la raison à présent que la malédiction était terminée pour la journée. Il lui vint alors à l'esprit qu'elle était nue et que Remy ne semblait même pas le remarquer, concentré qu'il était sur la façon dont elle était morte. Étrangement, cela la vexa.

— Ces âmes, ont-elles participé à ton exécution ?

— Tout à fait. Pedro, Emmanuelle et Alvaro étaient des participants actifs.

— Et la femme, Luysa et son fils, Francisco ?

Ysabel laissa échapper un soupir. Jusqu'où devait-elle lui révéler la vérité ?

— C'était Luysa qui dirigeait la foule et qui a pris la décision de me brûler en tant que sorcière. J'avais une liaison avec son fils, et elle ne l'a pas supporté. Je n'étais pas assez bien pour son précieux petit garçon.

— Tu l'aimais ?

— Oui. Et je pensais qu'il m'aimait aussi.

— Mais… ?

— Il est arrivé à temps pour me sauver, expliqua-t-elle d'un ton froid et bas. Pour s'interposer. Mais il ne m'avait jamais aimée. Tout n'était que mensonges. Il m'a regardée brûler vive.

Il lui avait ainsi prouvé que l'amour n'existait pas. Peu importe combien on croyait connaître une personne, on ne pouvait jamais vraiment lui faire confiance. Les gens ne pensaient qu'à eux-mêmes.

Remy se leva d'un bond pour faire les cent pas dans le petit espace de la salle de bain.

— Putain de fils de pute. Je vais lui arracher le bras et le battre avec. Je vais lui faire pousser des charbons ardents dans son...

— Pourquoi es-tu si furieux ? le coupa-t-elle en se levant de la baignoire.

Le dos tourné, elle voulut récupérer sa robe, mais il ne lui en laissa pas le temps et la fit pivoter pour la serrer contre lui. Sa chair humide et glacée rencontra la chaleur de son torse et elle en ressentit un choc agréable. C'est alors qu'elle remarqua que si la peau de Remy avait survécu à l'incendie, ce n'était pas le cas de sa chemise. Cependant, son pantalon, manifestement fait dans un matériau plus ignifuge, le couvrait encore – quel malheur.

Je parie qu'il vaut le coup d'œil entièrement nu.

Elle ignorait d'où lui était venue cette idée surprenante, mais maintenant que c'était fait, elle ne pouvait nier le sentiment de curiosité. À quel point avait-il été généreusement doté par la nature ?

— Pourquoi est-ce que je suis en colère ? demanda-t-il, manifestement surpris par sa question. Je suis énervé parce que ce Francisco est un connard de premier ordre qui a laissé sa psychopathe de mère te brûler vive.

— Je ne comprends toujours pas pourquoi tu t'en soucies. Tu ne me connaissais pas à l'époque et je m'en suis à peu près remise.

— Menteuse. Ce qu'il a fait te hante encore au point que tu ne laisses plus aucun homme t'approcher. Tu crains de t'engager.

Comment avait-il deviné ? Ou prêchait-il le faux pour savoir le vrai ?

— Qu'est-ce que tu racontes ? J'ai reçu Felipe hier soir.

— Je sais que c'est le nom de ton chat, tout comme je sais que tu n'as fréquenté aucun homme depuis ta mort.

— Lucifer, gronda-t-elle.

Stupide patron qui se mêlait de ses affaires, comme d'habitude.

— Si tu me sors une blague sur le fait d'être frigide ou lesbienne, je te ferai comprendre ta douleur.

— Pas de blague en vue. Je suis content que tu aies renoncé aux hommes.

Intriguée, elle plissa le front.

— Vraiment ? Pourquoi ça ?

— Parce que cinq cents ans de célibat font pratiquement de toi une vierge. Intacte et si désirable. Ça rend le fait que tu m'aies embrassé et que tu me désires, si spécial.

— Je ne te désire pas.

— Quelle menteuse, dit-il en resserrant son étreinte et en passant ses grandes mains chaudes sur la peau nue de son dos.

Malgré ses propos inflexibles, il avait raison : elle mentait. Son excitation naissante, trahie par des mamelons aussi durs que de la pierre qui s'enfonçaient dans son torse, était la seule preuve dont il avait besoin. Mais elle ne pouvait plus laisser ses hormones la gouverner. La dernière fois que ça lui a coûté la vie.

— Je ne ressens rien pour toi.

Il fit glisser ses mains plus bas pour lui enserrer les fesses et la soulever jusqu'à ce que son visage soit presque au niveau du sien.

— Qu'est-ce que tu fais ? demanda-t-elle, plus essoufflée qu'elle ne l'aurait voulu.

— Je te prouve que tu as tort, gronda-t-il en baissant la tête.

Quand il l'embrassa, Ysabel oublia totalement pourquoi se rapprocher de Remy était une mauvaise idée. Elle oublia tout, sauf son désir pour lui.

Elle passa ses bras autour de son cou et ouvrit la bouche pour accueillir sa langue, et un feu d'une autre sorte, un feu de plaisir plus brûlant que celui de ses cauchemars embrasa son corps. Il l'embrassa comme s'il voulait la dévorer vivante et elle y répondit avec la même voracité.

Le carrelage froid du meuble de lavabo la surprit quand il la fit asseoir dessus pour pousser son corps massif entre ses cuisses. L'étoffe en cuir de son pantalon lui procurait une douce friction, et servait de rempart entre leurs peaux nues. Enfonçant les doigts dans la ceinture, elle le tira plus près d'elle et enroula ses jambes autour de sa taille pour se presser avec impudeur contre son renflement dur.

Remy passa ses doigts dans ses cheveux, et lui pencha la tête en arrière pour l'embrasser avec une passion qui la laissa à bout de souffle. Il aspira sa langue jusqu'à ce qu'elle halète et miaule de désir. Quand il recula, elle protesta de sa perte pour ensuite crier de plaisir lorsque sa bouche descendait le long de son cou en déposant des baisers torrides dans la profonde vallée entre ses seins.

— Si belle, murmura-t-il contre sa peau, tout en frottant ses poils contre sa chair dans une caresse taquine qui la fit se cambrer.

Ses tétons qui pointaient douloureusement attirèrent son attention. Il en cueillit un des lèvres, taquina le bourgeon et envoya des spirales de chaleur et de désir au plus profond de son intimité.

Élevée à une époque où le sexe se pratiquait, mais où on n'en parlait pas, elle ne savait pas quoi dire, quelle supplication formuler à part lui dire de continuer. Elle avait besoin de lui pour soulager la tension en elle. Pour…

Les lèvres toujours autour de son mamelon, il plongea deux doigts en elle, et elle cria — un son de plaisir primitif tandis qu'un orgasme d'une intensité inouïe la laissa à bout de souffle.

Mais il n'arrêta pas et continua de la caresser avec ses doigts, suçant sa chair tendre jusqu'à ce qu'elle se torde à nouveau sous son corps, poussant avec force ses hanches contre sa main, et le suppliant silencieusement.

Elle entendit le bruit d'une fermeture Éclair et sentit son membre épais et rigide alors qu'il giflait son membre contre son intimité. Partie trop loin à présent pour arrêter les choses ou même se rappeler de manière cohérente pourquoi elle avait pensé que coucher Remy serait une mauvaise idée, elle attendit qu'il la conduise à nouveau à l'orgasme.

Un rugissement couvrit alors le bruit de leurs ébats.

— Qu'est-ce que c'est ? s'exclama-t-il en se tournant pour faire face à la bête qui se trouvait devant la porte de sa salle de bain.

En soupirant, plus de déception qu'autre chose, Ysabel se redressa et regarda par-dessus son épaule. Elle fixa la créature hargneuse dans l'embrasure de la porte.

— Je te présente mon chat, Felipe. Je préfère te préciser qu'il n'aime pas les étrangers.

17

L'euphémisme de l'année ! Le monstre gigantesque, poilu et rayé avec des dents de sabre et des yeux rouges et brillants, était son chat ?

— Merde, femme. Il a la taille d'une voiture.

— Shhh, siffla-t-elle alors qu'elle sautait du meuble et s'avançait vers la bête effrayante pour lui caresser la tête. Tu vas lui faire de la peine.

Lui faire de la peine ? Était-elle plus folle que sa mère ?

Non, mais elle ne cessait de le surprendre à chaque instant.

Pendant qu'elle chantonnait des bêtises au chat de l'enfer géant, Remy fit de son mieux pour fermer son pantalon, tout en étant conscient des grands yeux brillants – pas vraiment amicaux – qui l'observaient.

Contrarié d'avoir été interrompu, surtout après qu'elle se soit si glorieusement laissée aller au plaisir dans ses bras, sa remarque lui parut un peu cinglante.

— Où est-ce que tu mets la litière de cette boule de poils géante ? Ou l'as-tu entraînée à utiliser les toilettes ?

— Felipe est un chat d'extérieur qui va et vient à sa guise. Surtout quand les chattes sont en chaleur, n'est-ce pas, mon gros bébé à fourrure ?

Remy leva les yeux au ciel alors que la créature tendait la tête pour se faire gratouiller et se mettait à ronronner avec un son semblable à une tondeuse à gazon. Et il aurait pu jurer que la maudite chose lui souriait d'un air narquois alors que sa sorcière, toujours nue, se frottait contre sa fourrure.

En y regardant de plus près, Remy eut envie de saisir son épée, d'autant plus qu'il reconnut l'intelligence dans les yeux du chat de l'enfer. Ce n'était pas un minou ordinaire avec qui Ysabel jouait.

— Tu veux bien lui sortir un steak du réfrigérateur pendant que je m'habille ? demanda-t-elle en sortant d'une démarche théâtrale, nue et remuant des fesses.

Un instant abasourdi et laissé sans voix par cette vue vraiment incroyable, il n'eut pas le temps de répliquer avant de se retrouver seul avec le chat. Un chat qui s'était levé et qui lui montrait sa queue et son derrière alors qu'il s'éloignait.

Il sortit de la salle de bain et le suivit en le regardant déambuler dans la cuisine.

— Je sais que tu n'es pas un chat de l'enfer sang pur. Alors c'est quoi ton petit jeu ? Et que veux-tu à ma sorcière ? grogna-t-il à voix basse.

L'énorme chat haussa les épaules, un geste si humain qu'il en fut pris de court.

— Tu as trouvé la viande ? cria Ysabel depuis la chambre. J'en ai fait livrer par le boucher ce matin parce que je sentais que Felipe allait venir.

— Je l'ai, grogna Remy alors qu'il ouvrait le réfrigérateur et en sortait quelque chose de sanglant enveloppé dans du papier ciré marron.

Il lança le morceau de viande au félin, essayant de ne pas grimacer alors que les énormes mâchoires s'ouvraient et se refermaient sur son repas.

Je suppose que je devrais me considérer comme chanceux qu'il ne m'ait pas mordu pendant que j'étais distrait.

Tellement distrait qu'il n'avait pas entendu un félin gigantesque arriver. Animal de compagnie ou pas, il n'aimait déjà pas la créature.

Remy s'appuya contre le plan de travail, les bras croisés.

— Je te le dis tout de suite, reste hors de mon chemin. Elle est à moi.

Il prononça sa revendication à voix basse de peur que ses mots ne portent. Il n'avait pas besoin qu'Ysabel panique avec son annonce digne d'un homme des cavernes. Parce que s'il avait bien acquis une certitude dans cette salle de bain — et même avant de la toucher de manière sexuelle — c'était qu'il la voulait.

Quand il l'avait tenue contre lui alors qu'elle brûlait vive, victime d'une malédiction, il avait ressenti tant de choses – impuissance, frayeur, colère. Il voulait traquer les âmes restantes tout de suite et les ramener en Enfer pour qu'elle n'ait plus mal. Il voulait demander à Crax de le laisser participer à leur punition à présent qu'il savait ce qu'ils avaient fait subir à sa sorcière. Bon sang, il voulait même reprocher à Lucifer d'avoir ajouté cette clause ridicule dans son contrat.

Lui et le chat continuèrent à se fixer. Un peu déconcertant étant donné que la bête géante le faisait tout en faisant disparaître la viande crue. Quand elle se lécha les babines, Remy ricana.

— Elle n'en a aucune idée, hein ? Elle pense que tu n'es qu'un vieux chat ordinaire.

La fichue chose se moqua quasiment de lui, et souffla en réponse.

— Depuis combien de temps est-ce que tu vis avec elle ?

— J'ai Felipe depuis qu'il est bébé, répondit Ysabel en entrant dans la pièce vêtue d'un jean et d'un haut dos nu. Tu parles souvent aux animaux ? Et le plus important : est-ce qu'ils te répondent ?

— Je réfléchissais simplement à voix haute, mentit-il. Alors tu l'as trouvé chaton et tu l'as recueilli. Assez courageux de ta part étant donné que sa mère est capable de traquer une puce à travers un marais et tuer quiconque toucherait sa progéniture.

— Sa mère était morte. Je l'ai trouvé caché dans les broussailles près d'elle, à moitié affamé et couvert de morsures de serpent. Même s'il n'était qu'un bébé, c'était un battant, n'est-ce pas, Felipe ? chantonna-t-elle en lui grattant à nouveau le menton.

Oui, cette fois il ne put retenir son soupir et leva les yeux au ciel.

— Quoi ? demanda-t-elle en le prenant en flagrant délit.

— Tu réalises que c'est un tueur de trois tonnes, n'est-ce pas ?

— Qui ne ferait pas du mal à sa maman, hein, mon bébé ?

Elle frotta son nez contre lui, et s'il n'y avait pas eu le fait qu'il ressentait une folle jalousie envers le traitement auquel avait droit la créature – qui était bien plus que ce qu'elle laissait entendre – il aurait trouvé ça drôle. Sa sorcière possédait énormément de facettes. Celle de femme à chat folle qui gagatisait était surprenante — et mignonne.

— Ne m'appelle surtout pas le jour où il décidera de te mordre le visage.

Mais lui-même n'y croyait pas. Même si ça le dégoûtait de l'admettre, Felipe ne ferait pas de mal à la sorcière, mais il mettrait probablement en pièces tous ceux qui essaieraient.

Je devrais me considérer comme chanceux qu'il ne m'ait pas arraché un membre quand il m'a surpris occupé avec elle.

— Je serais plus inquiète que quelqu'un d'autre perde des parties qui dépassent, répondit-elle avec un sourire narquois et un regard pointant vers son entrejambe couvert.

Il lui fallut une bonne dose de fermeté pour ne pas couvrir ses attributs masculins face à sa menace subtile, surtout quand le maudit félin montrait les dents.

— Tu sais, je t'aimais beaucoup plus il y a quelques minutes quand tu te contentais de gémir « Oui ! Oui, Remy, mon bel étalon. Prends-moi. »

Le rougissement de ses joues le ravit totalement.

— Je n'ai rien dit de tel, souffla-t-elle.

— Mais tu l'as pensé, répondit-il avec un clin d'œil.

— Tu m'as surprise pendant un moment de faiblesse. Ça ne se reproduira plus.

— Oh que si, mais la prochaine fois, nous ne serons pas interrompus.

Il s'en assurerait en la traînant chez lui et en verrouillant sa porte ; barres, chaînes, verrou et plus si nécessaire.

— Mais je croyais que tu aimais avoir du public ? demanda-t-elle avec un visage impassible.

— Sorcière, dit-il d'un ton d'avertissement.

Elle sourit.

— Comment ça, démon ? Tu n'as pas l'habitude que tes poupées sexuelles te répondent ?

— Si tu ne te cachais pas derrière ton chat…

— Que ferais-tu ? Tu me prendrais sur tes genoux pour me donner une fessée ?

— Oui. Ensuite, je lècherais ces fesses rouges, puis ton sexe avant de te jeter sur ton lit pour te baiser.

Elle fut totalement désarçonnée et émoustillée par sa réplique, à en juger par l'éclat d'intérêt dans ses yeux et la façon dont elle se mordilla la lèvre inférieure.

— Tu sais quoi, je suis presque encore assez excitée pour te laisser faire. Mais, non seulement Felipe t'arracherait une partie essentielle si tu essayais, mais nous avons un travail à faire. Toute cette histoire de barbecue devient lassante.

Giflé par ce rappel à la réalité, il reconnut cependant qu'elle avait raison. Il devait traquer ces âmes pour elle, la sauver de la malédiction, faire les courses pour un mois, bloquer l'accès du chaton à l'appartement. Et ensuite, il pourrait mettre son plan à exécution ; un plan agréable qui se solderait par des irritations à des endroits sensibles et un sourire si idiot qu'il en ferait honte aux clowns.

Mais d'abord, le boulot. Parce qu'il ne pourrait rien faire tant que le travail ne serait pas terminé.

Mais elle en vaut tellement la peine.

Ainsi que son attente dans la frustration. Soupir…

18

Alors qu'ils se rendaient dans un bar où la source de Remy affirmait qu'un esprit médiéval harcelait les filles, elle ne put s'empêcher de revivre ce qui s'était passé dans sa salle de bain. Et elle ne parlait pas du fabuleux orgasme que Remy lui avait donné et du deuxième qui avait été interrompu.

Il l'avait entendue crier, l'avait tenue contre lui durant son supplice, sans s'enfuir ni faire preuve d'indifférence. Il l'avait prise dans ses bras et était resté auprès d'elle pendant que le processus suivait son cours, et même si son statut de démon du feu le protégeait des flammes, elle était quand même sensible à son geste. La plupart des hommes seraient partis.

Mais le plus étonnant de tout, c'est qu'il s'était mis en colère. Elle avait même ressenti un certain plaisir à l'entendre condamner l'acte de Francisco et le voir souhaiter sa mort. Elle ne l'en... appréciait que davantage.

Mais ça l'avait aussi rendue vulnérable, et quand il l'avait embrassée et touchée, elle ne s'était pas défendue. Pour la première fois en cinq cents ans, elle avait laissé un homme la caresser intimement – et y avait pris du plaisir. En fait, elle ne demandait qu'à recommencer.

Mais je ne peux pas me jeter à son cou comme une vieille sorcière cinglée.

Il n'y avait rien de séduisant dans le désespoir, même si c'était ce qu'elle ressentait. De plus, à en juger par la façon dont elle continuait à attirer son regard — empli d'admiration masculine et d'une chaleur palpable qui promettait de la débauche, — ce n'était qu'une question de temps avant qu'il ne la séduise à nouveau. Elle devait juste faire preuve de patience.

Il lui fallait également apprendre à maîtriser cette jalousie surprenante qu'elle ressentait. À peine furent-ils entrés dans le club de strip-tease – avec profusion de seins nus pendouillant, et plus de fesses ornées d'un fil dentaire qu'elle ne pouvait en compter – le monstre aux yeux verts la fit plisser des yeux. Quelque chose dans sa posture dut la trahir.

Remy la serra contre lui et baissa la tête assez bas pour murmurer :

— Rentre tes griffes, ma cougar sexy. Ces garces ne t'arrivent pas à la cheville.

Surprise qu'il l'ait si facilement déchiffrée, elle leva les yeux vers lui et s'échauffa quand il lui fit un clin d'œil. Mais tout de suite après il gâcha l'instant par son commentaire :

— Évidemment, je ne serais pas contre l'idée de te voir prendre un de ces strings scintillants et danser autour d'une barre.

— Dans tes rêves, démon.

— Oh, tu y es, chantonna-t-il dans le creux de son

oreille. Et j'ajoute que ton final au sommet de ma propre barre, est inoubliable.

Secouant la tête face à sa réplique grossière – et rougissant du compliment sous-jacent – elle s'éloigna de lui et entra dans l'antre de l'iniquité : un sacré taudis.

À l'extrémité du neuvième cercle, où vivaient les plus vils de tous, il n'existait plus la moindre trace de raffinement. Les lampes éclairaient à peine la taverne enfumée, ce qui compte tenu du sol collant était sûrement une bonne chose. Les danseuses étaient apathiques et leurs corps étaient gâchés par toutes sortes d'imperfection, allant d'une paire de seins de travers à la femme sans jambes qui se balançait sur ses bras.

Là encore, les clients n'étaient pas beaucoup mieux. Des gens mal famés comme elle en avait rarement vu – et elle avait vu beaucoup de choses en tant qu'assistante de Lucifer. La lie de la société semblait s'être rassemblée dans ce lieu abandonné – en oubliant visiblement de se laver. Elle nota mentalement d'envoyer l'unité d'inspection sanitaire pour une visite. Les danseuses méritaient mieux, et à l'instar des hommes, il existait des boulots salissants qui nécessitaient toujours de la main-d'œuvre.

Mais qui se souciait après tout que cet endroit ressemble à une plaie purulente à deux doigts de s'infecter ? Elle devait retrouver Alvaro. Contrairement aux deux âmes précédentes, celui-ci semblait aimer sa nouvelle demeure en Enfer et ne comptait pas repartir chez les mortels. Il aimait aussi importuner les filles qui essayaient de gagner leur vie.

Compte tenu de la fermeté de Lucifer au sujet du

viol – qu'il considérait à un niveau totalement différent du harcèlement sexuel – le mot avait rapidement circulé qu'un type passait son temps à pincer et caresser les filles au travail malgré leurs « non » répétés. Il s'était même fait virer de quelques bars de strip-tease avant celui-ci.

Et à en juger par le claquement qui retentit juste à ce moment – une gifle bien méritée aurait parié Ysabel – Alvaro était à quelques minutes de se prendre un nouveau coup de pied dans le derrière.

Comme elle était petite, Ysabel ne vit rien avant d'être tout prêt de sa proie : un grand démon s'écarta soudain et elle se retrouva nez à nez avec Alvaro. Les yeux de celui-ci s'écarquillèrent sous le choc, mais seulement un court instant avant de sourire. En voyant sa bouche édentée et pleine de caries, Ysabel se fit le serment de se brosser les dents trois fois par jour.

— Bonjour, Alvaro.

Contrairement aux précédents fugitifs, il ne chercha pas à entamer la conversation. Un petit signe de la main, et il bondit de son siège pour détaler. Comme si Ysabel allait le laisser s'échapper...

Elle le pourchassa immédiatement, mais fut arrêtée net par un grand baraqué qui se mit en travers de son chemin. Sa taille, bien qu'impressionnante, n'arrivait cependant pas à la cheville de sa puanteur rance et de sa pilosité. Retenant sa respiration, elle essaya de contourner la silhouette dégoûtante en faisant attention à ne pas la toucher de peur de devoir se couper la main pour éviter l'infection. Mais l'idiot ne cessait de se déplacer d'un côté à l'autre pour bloquer ses tentatives d'évitement.

— Veux-tu t'écarter de mon chemin ? lança-t-elle

en foudroyant du regard le grossier personnage qui semblait déterminé à se mettre en travers de son chemin.

— Tu es nouvelle, déclara l'individu aux ancêtres de troll, du moins si l'on en croyait son teint vert, son nez plat et ses défenses. Montre-moi ce que tu as.

— Je ne suis pas une danseuse.

— M'en fiche. T'es jolie. J'aime les jolies choses, grogna-t-il en tendant une patte pour l'attraper.

Elle réussit à l'éviter, mais ça ne l'empêcha pas d'essayer à nouveau. Que ne devait-elle pas supporter juste parce qu'elle avait une paire de seins.

Il est temps de lui montrer comment faire preuve de respect envers les femmes.

Elle psalmodia à mi-voix en agitant les doigts. Le mâle massif rétrécit, rétrécit jusqu'à lui arriver à la taille. Ysabel s'accroupit devant lui avec un sourire narquois.

— La prochaine fois qu'une sorcière te dira de te pousser, tu ne discuteras pas.

— Salope ! cria-t-il.

Elle agita à nouveau ses doigts et il couina avant de s'enfuir. Mais ce problème avec le troll lui avait coûté un temps précieux : Alvaro s'était enfui, et il n'était pas le seul à manquer.

Où est passé mon garde démoniaque ?

Remy avait également disparu.

Il vaut mieux qu'il ne se soit pas parti s'isoler quelque part avec une de ces garces.

Non pas qu'elle s'en souciait. Franchement ! Mais son affirmation criait « mensonge » à chacun de ses pas traînants alors qu'elle quittait le bar.

Les mains sur les hanches, elle scruta la rue bordée d'ordures.

— Stupide, bon à rien bourré de testostérone…

— Tu m'as appelé ? demanda la voix de Remy derrière elle.

Elle se retourna, le regard noir, et haleta aussitôt :

— Tu l'as rattrapé !

Évidemment. Traîné par Remy, l'air pas très heureux, se trouvait l'ivrogne du village nommé Alvaro. À l'époque, il avait affirmé à tous ceux qui voulaient l'entendre, qu'il l'avait vue voler sur son balai et danser nue autour du feu. Le fait que c'était un pochtron aviné qui se souvenait à peine de son prénom et encore moins de ce qui s'était passé cinq minutes auparavant n'avait pas gêné tous ces gens pressés de la condamner. Au contraire, cela n'avait fait qu'augmenter les charges retenues contre elle.

Le plus amusant, c'était que les choses dont il l'avait accusée étaient vraies : c'est juste qu'il n'en avait simplement jamais été témoin.

— Bien sûr que je l'ai attrapé. Pendant que tu étais occupée à passer du bon temps avec les clients et à leur faire miroiter tout ce qu'ils ne pourraient jamais avoir, j'étais en train de gagner un baiser.

— Seulement un baiser ? le taquina-t-elle, infiniment heureuse de ne pas l'avoir retrouvé s'envoyant en l'air avec une garce dans un coin sombre, et qu'à la place, il s'en soit tenu à leur mission.

Et maintenant, il voulait une récompense !

De ma part !

— Bon sang. Je savais que j'aurais dû demander plus.

— Oh bordel. Que quelqu'un m'apporte une bière. Vous allez me faire vomir tous les deux.

— La ferme, lui répondirent-ils à l'unisson.

Sortant l'étiquette, elle l'épingla sur son corps et lui dit au revoir alors qu'il était aspiré pour retourner en prison.

— Je suis surpris que tu ne l'aies pas gardé un peu pour le questionner.

Elle haussa les épaules.

— Pourquoi s'embêter ? S'il est comme les deux derniers, on n'apprendra rien. En plus, je crois que je te dois un baiser.

Est-ce que ces paroles audacieuses venaient d'elle ? Mais elle n'eut pas le temps de s'inquiéter qu'il la trouve présomptueuse, car il la prit aussitôt dans ses bras et plaqua ses lèvres sur les siennes.

Les orteils recroquevillés comme tout à l'heure, son étreinte éveilla le corps et le désir d'Ysabel. Elle s'accrocha à lui et le goûta, affamée.

— Hé mec. Tu pourrais me la passer quand t'auras fini ?

L'idiot qui avait émis cette remarque grossière – qui ne volait pas bien haut – l'eut à peine prononcée que le poing de Remy s'écrasa sur son visage pour l'envoyer valser plus loin. Ysabel trouva cela délicieux. Elle se mit alors à rire, un son doux au début qui s'amplifia alors qu'il grondait en direction de la foule de voyous rassemblée pour les regarder.

— Je ne vois pas ce qu'il y a de drôle, marmonna-t-il en faisant signe aux malfrats aux mains douteuses, d'avancer.

— C'est juste qu'il a dit le genre de chose que j'aurais attendu de ta part, et je trouve ça drôle que ça te mette en colère.

Il tourna la tête et plongea son regard intense dans le sien.

— Quand il s'agit de toi, ma petite cougar, je ne partage pas. Tu m'appartiens, et je veux que tout le monde en Enfer le sache.

La déclaration, assoiffée de sang et inattendue, la laissa sans voix – et ne l'excita que davantage ; une chaleur qui montait à chaque voyou qu'il terrassait. Avec ses poings frappant comme l'éclair, ses coups de pied bien ciblés et sa grâce féline qui la fit applaudir, il éradiqua les monstres qui projetaient de l'éliminer pour pouvoir s'en prendre à elle. Non pas qu'ils auraient réussi ; elle avait plus qu'assez de magie pour les mettre tous à genoux. Mais le geste galant, un geste qu'elle n'avait jamais expérimenté auparavant, du moins, pas envers elle, la remplit de bonheur. Plus qu'heureuse, elle découvrit à cet instant qu'elle appréciait Remy. Elle l'aimait beaucoup, beaucoup même. Elle était peut-être même en train de tomber amoureuse.

Ça aurait pourtant dû la faire hurler. Ou la pousser à le transformer en lézard de feu. Au lieu de cela, dès qu'il eut fini d'envoyer ses assaillants au tapis, elle jeta toute prudence aux orties et se pendit à son cou pour lui donner un baiser magistral.

19

De tous les endroits où elle aurait pu décider de le séduire, elle avait choisi le pire, songea Remy. Mais il ne l'arrêta pas, au contraire : laissant Ysabel s'enrouler autour de son corps et tout en gardant un œil sur les ombres menaçantes, il la transporta jusqu'au portail le plus proche et les fit revenir en un rien de temps dans le premier cercle, devant le château.

Pendant tout ce temps, ils ne cessèrent de s'embrasser, et même de se caresser un peu. Ardent, dur et affamé d'elle, il n'osait la laisser reprendre son souffle de peur qu'elle ne change d'avis. D'ailleurs, ce n'était pas comme s'il aurait pu s'arrêter. Son désir était sans limites, et malgré les regards étranges qu'ils suscitèrent en cours de route – des regards qu'il surprit et qu'il arrêta par des gestes grossiers – il ne s'arrêta pas et ne s'autorisa pas non plus à réfléchir à ce que cela signifiait : ce qu'elle représentait pour lui. Il savait uniquement que ce qu'il avait déclaré tout à l'heure en disant qu'elle lui appartenait lui semblait juste. Tout comme sa bagarre pour terrasser les ordures indignes qui s'imaginaient fantasmer sur sa sorcière.

Ma sorcière. Et personne ne l'imagine s'abandonner ainsi, sauf moi. Avec moi.

Une part de lui aurait dû paniquer devant le sentiment possessif qu'elle suscitait en lui, s'enfuir en courant très loin en voyant à quel point elle semblait consumer chaque parcelle de son être, son corps, son cœur, et de ce qu'il lui restait d'âme, — Lucifer, en tant que Seigneur de ce domaine, possédait le reste. Au lieu de chercher à prendre la fuite, une joie féroce le posséda. Il n'y comprenait rien, et pourtant il accueillit cette sensation et laissa son bonheur inexplicable transparaître dans ses baisers et ses caresses. Mais blague à part, il fallait vraiment qu'il trouve un endroit privé sinon il finirait par faire quelque chose de fou comme la prendre en public, et si la caresser devant tout le monde pouvait passer, il doutait qu'elle tolère d'aller plus loin. Et curieusement, ce qu'elle pensait et la façon dont elle percevrait leur première fois ensemble, avait de l'importance pour lui.

Et puis je préfère qu'elle ne me tue pas.

Sans parler des choses qu'il voulait lui faire... oui, il ne voulait pas que quelqu'un d'autre que lui la voie nue en train de soupirer et se tortiller de plaisir.

Il devait donc trouver un endroit intime, ce qui présentait un dilemme. Où aller ?

Pas chez elle en tout cas, car il ne voulait aucune interruption – ni se faire mâcher le corps – à cause de son foutu chat. Ce qui lui laissait son propre appartement... enfin, plutôt sa chambre. Il n'avait jamais vraiment réussi à avoir un vrai logement vu que ses missions l'envoyaient par monts et par vaux. La plupart des nuits, il s'arrangeait pour dormir dans le lit d'une femme chanceuse, et quand il voulait se reposer, il prenait pension dans une caserne.

Lorsqu'il travaillait près du château, et parmi ses petites amies, il avait tendance à vivre à la maison. Mais gare à ne pas le traiter de « fils à maman » sinon il vous aurait arraché les intestins par le nombril pour les aspirer comme des spaghettis. En réalité, il appréciait les avantages de la vie de famille, que ce soit pour la lessive, le raccommodage ou les repas faits maison. Bien sûr, il y avait parfois des inconvénients, comme lorsque sa mère recouvrait toutes les fenêtres, éteignait les lumières et les bougies pour que les diablotins ne puissent pas trouver et voler ses biscuits Oreo de contrebande. Il fallait avouer qu'il n'était pas étranger à cette paranoïa : il avait un faible pour les fourrages sucrés de ces biscuits, mais hors de question d'admettre sa culpabilité. Elle lui avait rasé la tête dans son sommeil la dernière fois qu'elle l'avait surpris en train de voler ses friandises.

Mais maman est en vacances à la plage, donc pas de risque qu'elle fasse irruption et dise quelque chose d'embarrassant... ou de fou.

En partie démon de feu et folle, sa mère était quelqu'un de déroutant à qui il fallait s'habituer. Elle représentait, la plupart du temps, une excellente arme de dissuasion contre les femelles trop enthousiastes qui voulaient lui mettre le grappin dessus. C'était même très pratique, mais il ne voulait pas qu'Ysabel s'enfuie loin, très loin.

Mais si je veux la garder, ce qui semble plus que probable, elle devra bien finir par rencontrer maman.

Oh, l'angoisse. Il ferait peut-être mieux de laisser

cela pour plus tard… ou peut-être dans une dizaine d'années. Oui, mieux valait les garder éloignées l'une de l'autre aussi longtemps que possible. Mais pour l'instant, il devait arrêter de penser à sa mère parce que sa sorcière, le sentant distrait, le mordillait avec force à présent.

Quelle négligence impardonnable de sa part. Il resserra son étreinte pour lui faire savoir qu'il ne l'avait pas oubliée et caressa sensuellement sa langue de la sienne Bientôt, elle se remit à gémir délicieusement.

Cette nuit, ou ce qu'il en restait, il avait l'intention de profiter pleinement de son ardente sorcière. Avec un peu de chance, il rendrait ça suffisamment mémorable pour qu'elle ne le tue pas au matin – ou ne se moque pas de lui en réalisant qu'il vivait toujours chez ses parents.

Heureusement, sa maison familiale n'était pas trop loin du portail, et il y chancela, ivre de baisers. En voulant entrer – à l'ancienne –, il réalisa qu'il devrait la poser par terre s'il voulait récupérer sa clé. Merde. Il choisit donc d'enfoncer la porte d'un coup de pied, une impatience qui lui valut des gloussements haletants qui ne firent rien pour calmer son ardeur.

Usant de son pied botté, il réussit plus ou moins à claquer la porte, vu qu'elle ne se refermait plus, mais au moins ils étaient hors de vue. Et le meilleur, c'est qu'ils étaient seuls.

La pressant contre le mur, il déchira son chemisier et arracha les boutons dans sa précipitation. Ses seins crémeux apparurent, enveloppés de dentelle noire, et débordant par le haut. Il enfouit son visage dans cette douce vallée alors qu'elle s'agrippait à ses cheveux.

— Je ne peux plus attendre, gronda-t-il. Je suis désolé. J'ai tellement envie de toi.

— Prends-moi, l'exhorta-t-elle. Avant que je change d'avis et que je me rappelle pourquoi c'est une mauvaise idée.

Oh non, hors de question. Les coutures se déchirèrent, l'étoffe se sépara en un temps record alors qu'il la dénudait de la taille aux pieds. Mais, il lui laissa ses talons affriolants.

Il recouvrit sa douce intimité de sa main et grogna de plaisir à la chaleur et à l'humidité qu'il y trouva. Comme il avait envie d'y goûter. Mais il voulait aussi se perdre en elle. Bon sang, quel dilemme pour un pauvre démon !

Il devait faire preuve d'un peu de retenue et de délicatesse.

Quand il tomba à genoux, elle enfonça ses doigts dans ses cheveux et haleta alors qu'il se blottissait contre son sexe palpitant. Elle ne l'arrêta pas quand il écarta ses cuisses. L'odeur de son désir, un arôme capiteux qui lui faisait tourner la tête, lui mit tout de suite l'eau à la bouche. Son premier coup de langue, long et lent, la fit frissonner et soupirer son nom. Il la lécha à nouveau, goûtant son nectar, sentant le frémissement de sa chair, ses ongles s'enfonçant dans son cuir chevelu. Le bout de sa langue s'agita rapidement d'avant en arrière contre son clitoris, caressant son bouton et décuplant son plaisir jusqu'à ce qu'elle tombe à genoux en se tortillant. Mais il s'arrêta avant qu'elle ne s'abandonne au plaisir, car il voulait la sentir jouir sur sa queue. Il finirait probablement par en mourir s'il ne relâchait pas rapidement la pression qui montait en lui depuis leur rencontre.

Gardant une main posée sur son sexe, il la caressa doucement afin de maintenir sa passion. La respiration haletante et erratique, elle le regardait avec une fièvre dévorante qui lui extirpa un grognement possessif. *Mienne*, songeait-il, si impatient qu'il n'arrivait pas à libérer son sexe assez rapidement.

Saisissant ses fesses pleines, il la souleva tout en l'embrassant. Elle ne sembla pas se soucier de son propre goût sur sa langue, le même nectar dont son membre s'enduisait alors qu'il le faisait glisser contre elle afin de les taquiner tous les deux. Elle enroula lâchement ses jambes autour de sa taille, lui laissant assez de liberté d'action pour positionner son membre bien en face de l'entrée de son sexe.

Puis il s'arrêta avant de s'enfoncer, hésitant parce qu'il avait conscience d'être à l'orée d'un changement de vie.

Une fois que je l'aurais revendiquée par mon corps, tout sera terminé. Il n'y aura plus aucune autre femme pour moi.

Il ne s'interrogea pas sur la raison de cette certitude, sachant simplement qu'elle était vraie.

Mais ça ne l'arrêta pas.

Il pressa son gland contre son entrée moite et brûlante, et haleta alors qu'il se sentit agrippé et forcé à la pénétrer avec une lenteur à la fois atroce et terriblement merveilleuse. Centimètre par centimètre, il s'enfonça en elle, poussant la chair gonflée d'excitation. Il lui fallut une éternité exquise avant d'être entièrement en elle et de sentir ses parois intimes trembler tout autour de lui. Ajustant sa position de manière à la tenir par les cuisses, dos à plat contre le mur, il imprima un mouvement à ses hanches et s'enfonça encore plus profondément. Elle s'agrippa à ses épaules et lui mordit la lèvre alors qu'il se remit à remuer en elle, trouvant son point sensible et le stimulant. Elle gémit, et le son de son désir emplit le corps de Remy de frissons : un désir qu'il se ferait un plaisir de combler.

Lentement, malgré son envie violente de se déchaîner avec force, et avec une retenue et une précision qui faisaient briller son corps de sueur, il ondula et pressa, sans jamais se retirer d'elle, mais l'emplissant à la place.

Il se sentait presque à l'agonie avec ce contrôle de fer dont il faisait preuve tandis que le corps d'Ysabel se tendait de plus en plus et enserrait presque douloureusement son sexe. Soudain, elle jouit dans un grand cri. Son orgasme pulsa, et des vagues ondulantes de chaleur et de moiteur aspirèrent son sexe, alors qu'il s'autorisait enfin à perdre le contrôle et à la marteler. Il cria son nom alors qu'il se vidait en elle tandis que le plaisir continuait de déferler.

Il s'abattit sur ses lèvres et l'embrassa en maintenant les jambes d'Ysabel dans la même position, jusqu'à la dernière goutte.

Quelle description en faire ? Intense, bouleversant, terrassant et plus encore. Elle appuya sa tête dans le creux de son épaule, la respiration saccadée et chaude contre sa peau. Il ne disposait pas de mots suffisamment grandioses pour exprimer ce qu'il ressentait. Il se départit donc de la meilleure réplique possible alors qu'il frottait son visage contre sa tête soyeuse.

— Waouh.

20

Bercée contre son épaule, le corps encore tremblant de secousses, Ysabel leva la tête pour regarder Remy.

— Est-ce que tu viens de dire waouh ?
— Oui.
— C'est tout ce que tu as trouvé à dire ? dit-elle en gloussant. Qu'est-ce qui ne va pas, démon ? On est à court de répliques suaves ?
— Je n'ai rien trouvé d'approprié.
— Est-ce que c'était à la hauteur de tes espérances ? le taquina-t-elle.

Elle fut la première surprise par sa plaisanterie légère, mais elle ne voulait vraiment pas mettre fin à ce moment.

— Oh, ma petite sorcière, c'était tellement mieux que je ne l'imaginais.
— Vraiment ?

Non, cette question douce et mélancolique ne provenait sûrement pas d'elle ? Qu'est-ce que ça pouvait bien lui faire qu'il ait aimé ou pas ? Elle voulait juste se servir de lui pour le sexe.

— Est-ce que c'est ta méthode pour que je te refasse une démonstration ? Parce que je suis totalement partant. Et cette fois, peut-être que nous arriverons même à atteindre le lit.

Elle éclata de rire.

— C'était un peu empressé. Je suis désolée, je ne fais généralement pas des choses aussi folles.

— Tant que tu ne les fais qu'avec moi, répondit-il en la laissant glisser le long de son corps, vêtue uniquement de ses chaussures.

— Pourquoi t'en soucier ? Je pensais que ta devise c'était : baise et passe à la suivante.

— Peut-être que je suis prêt pour quelque chose de différent.

Il avait l'air si sérieux que pendant un court instant, elle ne put empêcher son cœur de battre plus vite. Mais elle se gifla aussitôt intérieurement. À quoi s'attendait-elle d'autre ? Il voulait refaire l'amour. Il n'allait tout de même pas lui dire qu'elle n'était rien d'autre qu'une sexe à baiser.

— Tu ne sais pas être sérieux, dit-elle avec légèreté et luttant pour ne pas laisser paraître sa tristesse.

Sexe sans attache. C'était ce qu'elle voulait. Rien d'autre. Mais ce qu'elle ne comprenait pas, c'était pourquoi elle devait sans cesse se le rappeler ?

— Oh, tu serais surprise, ma sexy cougar. Maintenant, que dirais-tu de monter ces jolies fesses à l'étage ?

— Et qu'est-ce que tu feras ensuite ?

Son regard brillant de convoitise la fit frémir.

— Et bien te pourchasser bien sûr, tout en admirant tes fesses diaboliques. Et m'imaginer ce que je vais en faire dans un instant.

Son côté garce et pratique habituel se serait moqué de sa suggestion et l'aurait quitté pour aller dormir un peu avant de partir à la recherche des deux dernières âmes. Mais elle avait passé cinq cents ans à vivre dans un vide froid et sans émotion. Pendant une seule journée, ou plutôt une matinée, elle voulait se lâcher. Prendre du plaisir. Se rappeler ce que c'est que de sourire et de rire. Ressentir du plaisir.

Elle commença par se pencher afin de récupérer son chemisier et son pantalon déchirés – acte qui le fit gémir – et lui lança un regard séducteur par-dessus son épaule avant de se précipiter dans l'escalier en colimaçon. Elle ne réussit à atteindre que le premier palier avant qu'il ne la soulève – alors qu'elle gloussait de joie – et la passe par-dessus son épaule pour courir jusqu'à sa chambre. Là, il lui montra à quel point il aimait ses fesses. Ses seins. Son sexe. Il adula chaque partie de son corps, la faisant tellement jouir qu'elle finit par s'endormir épuisée dans ses bras, plus heureuse qu'elle ne l'avait jamais été et souhaitant que cela ne s'arrête jamais.

21

La regarder dormir ainsi dans ses bras rendait Remy humble, parce que, qu'elle l'admette ou non, sa sorcière piquante lui faisait confiance. Il savait qu'elle ne laissait pas les gens l'approcher – et qu'elle avait de gros problèmes avec les hommes. Mais elle avait suffisamment surmonté son aversion pour le laisser entrer dans sa vie et lui faire l'amour... et s'endormir dans ses bras alors qu'elle était dans son état le plus vulnérable.

Pas la peine de le nier ou de prétendre que c'était autre chose. Remy était amoureux, même si le réaliser était source de problèmes et d'émotions. Il avait besoin de la protéger, et pas seulement de ces âmes, mais de tous ceux qui voulaient lui faire du mal, y compris Ysabel elle-même. Il ne serait pas facile de la convaincre de devenir son compagnon : elle le combattrait bec et ongles, et avec de bonnes raisons. Sa réputation de coureur jouit en sa défaveur.

Comment la convaincre qu'il la voulait pour toujours en tant que compagne ? Comment lui faire comprendre qu'après s'être donné à elle, il ne s'égarerait plus ? Ne lui ferait jamais de mal ?

Elle était plus susceptible de lui arracher la tête avec de la magie que de le croire. Mais il devait essayer. Et ça commençait tout de suite.

Il se leva du lit et s'habilla silencieusement avant de sortir de la maison. Il lui restait une chose à faire avant son réveil.

Ma première étape pour gagner son cœur. Espérons qu'elle ne le tuera pas en le découvrant.

22

Ysabel s'étira dans un lit inconnu, repue et souriante. Elle ne se souvenait pas s'être jamais réveillée si... comment se sentait-elle d'ailleurs ? Endolorie, mais de manière agréable, et aussi satisfaire qu'un chat qui venait de manger l'oiseau de la maison. En d'autres termes, heureuse. Son cœur était à deux doigts d'exploser. Elle voulait chanter, sourire, et remercier un démon très particulier... de manière nue et charnelle.

Bon sang de Satan. Elle était amoureuse. Comment était-ce arrivé ?

Comment ce beau gosse odieux, grossier, canon et gentil avait-il réussi à passer à travers ses défenses épineuses et piéger son cœur ? Elle l'ignorait, mais il avait fait l'impossible. Il l'avait à nouveau éveillé à la sensualité, lui avait montré qu'elle n'avait pas perdu sa capacité d'aimer. Le seul problème, c'était qu'en tant que coureur de jupons incontesté, leur relation était vouée à l'éphémère.

Cette pensée fut comme une douche froide. Malgré

les déclarations et les actes de Remy, et même ses propres sentiments, elle n'était pas bête au point de penser qu'ils pouvaient avoir un avenir. Le coureur de jupons numéro un de l'Enfer ne s'installerait jamais avec elle. Alors que faire ?

Elle devait mettre fin à tout ceci dès maintenant, avant que ça n'aille plus loin. Se couper des plaisirs futurs dispensés par ses puissantes mains et sa langue.

Non. Pas déjà ! Pas quand elle venait de trouver le bonheur. Mais l'autre alternative était un chagrin d'amour quand il finirait par passer à autre chose... Saurait-elle le supporter ?

Il y avait une dernière option : le tuer. Le tuer avant qu'il ne lui brise le cœur. Alors elle pourrait au moins vivre avec ses souvenirs heureux au lieu de les regarder se transformer en haine comme ça s'était produit avec son ancien amant. Mais ça semblait tout de même un peu drastique.

Je suis une sorcière de cinq cents ans. Si les autres femmes peuvent survivre aux ruptures, alors moi aussi.

Comme elle l'avait fait avec Francisco ? Mais là, elle avait de bonnes raisons d'être furieuse puisqu'il l'avait regardée brûler. Elle savait que Remy ne ferait jamais une chose pareille. Malgré son attitude de dur à cuire et son apparence, il ne la blesserait jamais intentionnellement.

Ce n'est pas de sa faute si mon stupide cœur est tombé amoureux.

Ou peut-être qu'elle interprétait tout de travers. Ce n'était pas parce qu'il était le premier homme avec qui elle couchait en cinq cents ans que ça signifiait forcément l'amour avec un grand A. Peut-être qu'elle était juste excitée. Peut-être que son attitude bienveillante envers lui devait davantage au fait qu'il avait éveillé son désir sexuel.

Oui. Elle saurait affronter cela et prendre du plaisir jusqu'à se lasser de lui. Comme elle avait passé des siècles sans un homme dans son lit, il ne lui faudrait sûrement pas longtemps pour se fatiguer de lui. Elle utiliserait son corps, et si entre eux ça se terminait avant qu'elle ait réussi à assouvir son désir, elle rendrait alors une petite visite à Francisco et ses amis pour les torturer un peu. Ça lui remonterait sûrement le moral et lui rappellerait pourquoi les hommes étaient des ordures.

Résolue, elle s'assit dans le lit ridiculement grand et regarda autour d'elle. De son grand démon étalon, elle ne vit aucun signe. Bizarre parce qu'elle l'avait senti lui embrasser l'épaule avant qu'il ne quitte le lit il y a un petit moment. Mais il n'était jamais revenu.

Je suppose que c'est trop demander d'espérer qu'il soit parti nous chercher du café. Et un beignet.

Car Ysabel estimait que brûler sur le bûcher lui donnait droit aux douceurs.

Son regard continua d'errer dans la chambre décorée dans des tons gris, marron et bleu masculin, sans aucun drap de velours ou de soie en vue. Elle aperçut une horloge – un corps nu de femme – et haleta.

Ils avaient dormi tard. Trop tard. Il lui restait moins de quinze minutes avant que le sort ne frappe.

— Zut ! Merde ! Mince !

Elle jura en sautant hors du lit et se précipita à la recherche de vêtements. Il ne lui vint même pas à l'idée de rester dans la chambre pour la mise à feu : il lui fallait le confort de sa maison et ses repères. Elle n'aurait pas non plus refusé les bras de Remy, et cette simple pensée arrêta ses gestes frénétiques.

L'homme qui m'a tenue toute la nuit et qui m'a caressée avec tant de passion ne me laisserait pas seule à l'approche de l'heure de ma mort s'il n'avait pas une très bonne raison.

Du moins, elle l'espérait. Étrangement, il était important pour elle qu'il ne soit pas une ordure, à l'instar des hommes qu'elle avait rencontrés. Mais si elle était persuadée qu'il ne la laisserait pas seule dans un tel moment, alors où était-il ? Est-ce qu'il était juste dans une autre partie de ce qui paraissait être, vu de l'extérieur, un immense manoir ? Si elle partait, est-ce qu'elle le raterait quand il reviendrait auprès d'elle ?

L'indécision n'était décidément pas dans sa nature, pas plus que s'enflammer dans un endroit inconnu. Il saurait où la trouver s'il le voulait, et elle était une grande fille. Et si la torture d'aujourd'hui durait une minute infernale supplémentaire ? Sa mort originelle avait duré une éternité dans son esprit angoissé, et pourtant elle avait survécu… en quelque sorte.

Repérant les restes en lambeaux de ses vêtements déchirés – un rappel de leur fébrilité et leur passion – elle les abandonna au profit de quelque chose de plus fonctionnel : une des chemises de Remy posée sur une chaise. Enveloppée par son odeur, elle se mordit la lèvre contre le plaisir apaisant qu'elle ressentit.

Après avoir glissé ses pieds dans ses chaussures qui avaient survécu malgré leur course effrénée jusqu'au lit – et le moment où il l'avait pilonnée à la manière missionnaire pendant qu'elle enfonçait ses talons dans son dos – elle se pencha pour boucler les fermoirs quand elle entendit une voix féminine amusée.

— Est-ce que les culottes sont passées de mode pendant que j'étais en vacances ?

Ysabel se redressa aussitôt et regarda l'étrangère qui était entrée dans la chambre. Grande, silhouette galbée, peau rouge, yeux jaune vif et une paire de cornes dépassant de ses cheveux blond cendré, la femme arqua un sourcil en étudiant Ysabel. Puis sous son œil choqué, elle passa la main sous sa jupe volumineuse et en sortit une culotte violette qu'elle jeta de côté en souriant.

— C'est mieux, déclara la femme manifestement dérangée. Je ne voudrais pas qu'on dise que je ne suis pas à la mode.

Clignant des yeux sous le choc, Ysabel mit un moment à répondre.

— Je vous demande pardon, mais qui êtes-vous ?

— Je suis la mère du garçon avec qui vous vous êtes envoyée en l'air la nuit dernière.

— La mère ? répéta-t-elle en s'étouffant presque.

Génial ! Tout simplement génial. Pris la main dans le sac par la maman de Remy. Comment gérer cela ? La dernière mère qu'elle avait connue n'avait pas très bien réagi à sa liaison avec son fils. Comment allait réagir celle-ci ?

— Oui. Je suis la mère de ce cher garçon. Il m'a fallu trois jours pour mettre au monde sa grosse tête. Vous feriez bien de garder ça à l'esprit quand vous déciderez de tomber enceinte. Mon pauvre minou n'a plus jamais été le même après.

— Enceinte ? se récria Ysabel en s'asseyant abruptement sur le lit. Non. Je crains que vous fassiez erreur. Remy et moi ne sommes pas ensemble, et je ne vais certainement pas tomber enceinte de lui.

C'était du moins ce qu'elle espérait. Elle avait complètement oublié de prendre ses précautions la nuit dernière. De le réaliser lui fit tourner la tête.

— Je pensais que Lucifer interdisait le contrôle des naissances ? Un grand sentimental dès qu'il s'agit de la famille, celui-là... et aussi de reconstituer son armée.

— Certainement pas avec un enfant sorti de mes reins, rétorqua Ysabel.

— Ne parlez pas trop vite. Je sais que vous avez eu des relations sexuelles. Je le sens à tous les recoins de cette chambre... et avec mon fils qui plus est. Si ses petits nageurs ressemblent à ceux de son père, ça fera de lui un papa, à moins que vous ne l'ayez laissé finir ailleurs sur votre corps ?

Oh, elle n'allait sûrement pas avoir ce genre de conversation.

— Je crois que je vais y aller.

La mère de Remy leva les bras sur le chambranle de la porte pour lui bloquer le passage.

— Non. Vous ne pouvez pas partir. Nous n'avons pas fini de créer des liens.

— Je suis un peu perdue.

Et elle l'était vraiment. Où voulait en venir cette femme avec son numéro de cinglé ? Peut-être était-ce un stratagème pour se débarrasser d'elle avant le retour de Remy. Dans ce cas, elle se ferait un plaisir de lui rendre ce service avant que les choses ne deviennent encore plus étranges.

— Perdue ? Je le suis aussi la plupart du temps, déclara la matrone en souriant et dévoilant des dents pointues. Mais, mon premier psy a dit que c'était parce que je prenais les choses trop au pied de la lettre. Bien sûr, j'ai cru que c'était une insulte, et avec le recul je m'en veux un peu de lui avoir arraché la tête et jetée sur son bureau. Cependant, mon deuxième psy, qui est bien plus doué pour expliquer les choses, dit que je peux me pardonner, à cause de ma folie.

— Je vois, répondit faiblement Ysabel, toujours abasourdie et maintenant vraiment inquiète.

— Alors, c'est pour quand le mariage ? Ou peut-être que vous préférez vivre dans le péché ? Je sais que Lucifer adorerait ça. Mon petit garçon s'est enfin engagé dans une relation sérieuse. Et il n'a même pas fallu que l'Enfer se fige à nouveau pour ça.

Mariés ?

— Oh non. Nous ne sommes pas en couple, protesta Ysabel qui rougit aussitôt sous le regard éloquent de la matrone. Eh bien, nous le sommes en quelque sorte, mais c'est juste parce que nous travaillons ensemble. Une fois que nous aurons capturé quelques âmes disparues, notre travail s'achèvera et Remy passera probablement à la prochaine fille.

Qui pourrait perdre quelques orteils – parmi d'autres membres de son corps – pendant qu'Ysabel se consolerait de son chagrin.

— Le déni ! J'adore. Ça me rappelle quand j'ai rencontré ce cher vieux Jacko. Il a dû m'attacher à un lit et me torturer sexuellement pendant plusieurs jours avant que j'admette que je tenais à lui. Et le doigt que je lui ai arraché en le mordant lui manque à peine. C'était les meilleurs jours de ma vie.

La mère de Remy ne connaissait-elle pas le concept de trop d'informations ?

— Je ne suis pas dans le déni. Remy et moi

n'avons pas l'intention de vivre ensemble et nous ne sommes pas en couple. C'était juste du sexe. Étant sa mère, vous êtes bien placée pour savoir qu'il couche chaque soir avec une fille différente.

— Oui, confirma celle-ci avec un regard rusé. Mais il ne les ramène jamais à la maison.

— Quoi ?

La sensation d'étourdissement revint.

— Mon Remy est un homme à femmes. Le joli petit bougre tient ça de son père humain. Cher homme, mais si fragile. C'est dommage. Au moins, il est mort avec un sourire sur le visage. Mais je m'égare. Comme je le disais, Remy pourrait forniquer comme un lapin sous Viagra, mais il ne ramène jamais, jamais de filles à la maison. Les seules fois où je rencontre ces garces, c'est quand il m'invite à déjeuner pour que j'effraie celles qui se montrent collantes. Donc, le fait que vous soyez ici, dans sa chambre, doit signifier que vous êtes spéciale.

— Je crois que je vais avoir une migraine, gémit Ysabel en prenant sa tête entre ses mains

Cette conversation était si folle qu'elle ne savait même plus quoi répondre. Une question ne cessait de tourner en boucle dans sa tête.

Je suis la première fille qu'il ramène à la maison ?

Sûrement pas. Et qu'est-ce que cela signifiait ? Rien... ou quelque chose. Le simple fait d'y penser ne faisait qu'aggraver l'agitation de son esprit... et lui faire perdre du temps.

Oh non. Elle sursauta et scruta l'horloge. Son souffle se coupa net : c'était l'heure du supplice. Elle jeta un regard à ses orteils et les vit intacts. Elle les secoua, mais ne ressentit aucun picotement. L'horloge pourrait-elle être déréglée ?

— Excusez-moi, quelle heure...

— Qu'est-ce qui brûle ? Vous sentez ?

La mère de Remy se précipita hors de la chambre. Inquiète, Ysabel la suivit. Elle descendit, les pieds claquant sur les escaliers qui serpentaient et se terminaient par des murs blancs, la forçant à sauter par-dessus la balustrade jusqu'à l'endroit où ils repartaient. Elle arrivait à peine à rester au même niveau que la démone d'âge mûr qui courrait les jupes gonflées, jusqu'à ce qu'elles pénètrent dans une caverne emplie d'une épaisse fumée et d'une odeur familière de chair brûlée.

Ysabel mit un moment à saisir la situation et à distinguer le bûcher vivant. La mère de Remy comprit tout de suite.

— Mon bébé est en feu ! s'écria-t-elle.

C'était bien cela. Chaque parcelle de son corps était en flammes alors qu'il aurait dû être immunisé. Il était en partie démon de feu, pourtant malgré son héritage, elle comprit sa souffrance par le rictus sur son visage et la façon dont il serrait les lèvres. Il ne laissa échapper aucun son, mais elle reconnut la douleur dans sa posture et tomba à genoux alors que tout devenait clair.

— Non, murmura-t-elle. Oh non. Pourquoi, Remy ? Pourquoi ?

Aussi incroyable que ce soit, il avait pris sur lui son châtiment, et elle savait qui blâmer pour cela.

23

Lucifer sifflait en signant une pile de formulaires, je-vends-mon-âme-contre-la-fortune. Les affaires explosaient et les gens se damnaient par milliers. Son jeu de golf s'était considérablement amélioré, ce qui signifiait qu'il avait toutes ses chances de gagner son match prévu dans la semaine contre son frère. Surtout s'il trichait.

Rien ne pouvait le faire tomber. Il était au sommet de son empire.

— J'exige que tu me rendes ma malédiction ! hurla une sorcière qui aurait eu vraiment besoin d'un homme pour lui apprendre les bonnes manières.

Posant sa plume, il tendit les mains.

— Je ne peux pas. Remy l'a achetée loyalement en échange de cent ans de service dans mon armée. Accord de fer signé dans le sang.

— Déchire-le.

Lucifer l'étudia un instant, vêtue d'une chemise d'homme qui lui descendait à mi-cuisse, les cheveux ébouriffés et les lèvres gonflées, et sourit.

— Je vois qu'une certaine personne a été chanceuse.

— Oui, j'ai eu des relations sexuelles. Est-ce qu'on peut revenir à l'essentiel ? Je veux que tu annules le contrat. Rends-moi ma malédiction.

— Pourquoi devrais-je le faire ? Ne devrais-tu pas être heureuse de ne plus souffrir ? J'ai pensé qu'il avait perdu la tête de vouloir prendre cette malédiction, surtout en sachant qu'il ne bénéficierait pas de sa protection naturelle de démon de feu contre la douleur. Mais, tu as dû lui faire beaucoup de bien.

Lucifer haussa les sourcils, mais Ysabel qui n'était pas d'humeur à rire, se renfrogna.

— C'est ma malédiction. C'est moi qui devrais souffrir. Pas lui.

— Trop tard. Mais si ça t'énerve à ce point, trouve simplement les deux dernières âmes manquantes. Une fois qu'elles auront été livrées à la fosse, joli cœur cessera de sentir le chevreuil rôti tous les jours, et notre contrat mutuel prendra fin.

— Ça s'arrêtera quand je retrouverai Francisco et sa mère ?

— À moins que tu ne veuilles conclure un accord pour le prolonger. Je me souviens d'une certaine personne qui clamait bien fort il y a pas si longtemps, à quel point elle détestait un certain démon. Dois-je comprendre, par ta tenue actuelle, que tu as changé d'avis ?

— Non. C'est toujours un porc immonde, mais il ne mérite pas de souffrir pour mes erreurs. Je vais te retrouver ces âmes. Mais ça sera tout après ça. Toi et moi serons quittes.

— J'ai déjà précommandé un gâteau pour célébrer

l'événement, et j'ai toute une liste de femmes qui meurent d'envie de prendre ta place. Ai-je mentionné que le nouveau code vestimentaire exigera qu'elles ne portent pas de culotte ?

— Espèce de porc.

— Je préférerais, roi de la séduction.

— Oh vraiment ?

Ah, merde. Lucifer colla un sourire sur son visage tandis que Gaia se matérialisait à nouveau de nulle part, les bras croisés et les pieds tapotant le sol d'impatience.

— Ma chère bien-aimée, te voilà.

— Ne m'appelle pas « bien-aimée », chien adultère.

— Pourrions-nous en discuter plus tard ? J'avais une discussion importante avec mon assistante.

Ysabel plissa le regard.

— Vas-tu libérer Remy de la malédiction ?

— Non.

Les lèvres pincées, Ysabel se tourna vers Gaia.

— J'ai une vidéo de lui en train de peloter les fesses de la postière.

Avant que Lucifer ne puisse exploser contre Ysabel pour avoir trop parlé, Gaia se jeta sur lui, et à en juger par les étincelles vertes dans ses yeux, il était à nouveau dans le pétrin.

Bon sang, et je ne commence qu'à m'énerver.

24

Remy vit Ysabel quitter le bureau de Lucifer et elle n'avait pas l'air contente. En fait, son air renfrogné s'accentua lorsqu'elle l'aperçut. Euh-oh.

— À quoi pensais-tu en reprenant ma malédiction comme ça ? s'écria-t-elle.

— Je ne supportais pas de te voir souffrir, avoua-t-il.

La plupart des femmes se seraient pâmées à ce commentaire. Mais sa sorcière ? Elle lui donna un coup dans le ventre.

— Tu n'avais pas le droit. C'est mon fardeau, pas le tien.

— Ce n'est pas si grave. On rattrapera les deux âmes restantes, et ça s'arrêtera. Simple comme bonjour.

Mais pas aussi amusant. Il avait enduré sa malédiction que quelques malheureuses minutes et il était déjà déterminé à ne plus la subir. Cependant, il préférait encore la garder pour toujours si ça épargnait cette souffrance à Ysabel.

— Ce n'est pas drôle, grogna-t-elle. Et si nous n'arrivons pas à retrouver les âmes manquantes ? La brûlure augmente d'une minute chaque jour.

— Tu es inquiète ? Je savais que tu t'étais attachée à moi.

— Non, pas du tout.

— Ce serait beaucoup plus crédible si je n'avais pas tes marques de griffures incrustées dans les épaules.

Un rougissement fut sa récompense, mais son regard demeura inquiet.

— Remy, s'il te plaît, arrête de plaisanter une minute. Tu ne comprends pas à quel point c'est grave ? La douleur te mènera à la folie si nous ne pouvons pas l'arrêter.

La folie ? Bah, il l'affrontait tous les jours. Il haussa les épaules.

— J'ai entendu dire que tu as rencontré ma mère. Je sais tout sur la folie. Ce n'est pas si terrible une fois que tu as corrigé tous ceux qui te taquinent à ce sujet.

— Ne peux-tu jamais rien prendre au sérieux ?

— Mais si, déclara-t-il, instantanément plus posé tout en la prenant dans ses bras, soulagé qu'elle ne résiste pas. Je te prends très au sérieux. Et je pensais ce que j'ai dit. Je ne supporte pas de te voir souffrir. J'ai accepté avec plaisir ta malédiction et je suis prêt à faire même plus pour te protéger de la douleur.

— Mais pourquoi ? Je ne comprends pas, murmura-t-elle d'une voix tremblante.

C'est drôle comme le fait d'avoir passé du temps avec elle et d'avoir appris son histoire l'aidait à mieux la comprendre. Il savait maintenant que la façade amère qu'elle présentait au monde n'était qu'une protection pour cacher la douleur et la solitude. Un exil auto-imposé parce qu'elle avait peur de faire confiance. Pourtant, il avait suffisamment vu sa joie durant leurs ébats la veille pour savoir à quel point elle en avait envie… et besoin.

Et je vais la lui donner.

Il prit son visage et l'inclina pour qu'elle lève son regard vers lui. Il la fixa, espérant qu'elle pourrait y lire ce qu'il ressentait. Qu'elle voie sa sincérité !

— Je tiens à toi, Ysabel.

Elle secoua la tête, ou du moins essaya, mais il la maintint immobile. Tomber amoureuse et redevenir vulnérable, la terrifiait. Des larmes coulèrent sur ses joues, une faiblesse qu'elle détestait sûrement.

— Non, ce n'est pas vrai. Nous avons passé un bon moment. C'est tout. Quand ce sera fini, une autre jolie fille attirera ton attention et tu partiras.

— Je ne partirai pas.

— Ne me mens pas, cria-t-elle en se dégageant. Tu le feras. Tu es juste comme lui. Tu couches avec tout ce qui bouge et tu me racontes de jolis mensonges pour que j'écarte les jambes. Mais tu peux arrêter. Je n'y crois pas. Je ne te crois pas.

— Ysabel, arrête. Écoute-moi.

Mais sa sorcière s'enfuit en sanglotant doucement. Un son qui l'écrasa. Il avait simplement voulu enlever sa douleur et lui montrer le bonheur. Mais en prenant soin d'elle, il lui avait au contraire, causé plus d'angoisse. Il devait bien y avoir un moyen d'y remédier et de faire en sorte qu'elle le croie.

Pour qu'elle m'aime.

Car, malgré ce qu'elle pensait, ses jours démoniaques étaient révolus. Il avait fait la chose la plus folle en tombant amoureux d'une sorcière.

25

Ysabel courut jusqu'à sa suite, bouleversée, en colère et follement amoureuse. Si elle avait voulu se mentir en se persuadant qu'elle ne ressentait que du désir pour Remy, c'était raté. C'était bien de l'amour. Un amour stupide, pourri et puant.

Et envers un coureur de jupons confirmé qui plus est. Est-ce que ça ne dépassait pas tout entendement ? Cinq cents ans passés à haïr les hommes et à jurer de ne plus jamais laisser quelqu'un la blesser, et c'était tout ce qu'elle trouvait à faire ? Tomber amoureuse d'un démon qui n'arrêtait pas d'essayer de l'amadouer ? Qui n'avait même pas eu à fournir beaucoup d'efforts pour qu'elle l'aime ?

Un abruti. Un crétin qu'elle n'arrivait même pas à comprendre.

Il avait obtenu ce qu'il voulait. Ils s'étaient jetés l'un sur l'autre comme les succubes après une orgie d'huîtres, se livrant durant des heures à des plaisirs sensuels, riant et même conversant. Qui aurait cru qu'il cachait un cerveau derrière son joli minois ?

Ils avaient passé un bon moment. Il avait réussi à l'avoir – malgré ses protestations – et à coucher avec elle. Alors, pourquoi continuer cette mascarade ?

Pourquoi accepterait-il ma malédiction ? Pourquoi se soumettre à cette agonie ?

Elle ne croyait pas une seule minute qu'il tienne à elle. Se permettre d'y croire aurait été insensé parce que quand tout s'effondrerait, elle souffrirait tellement.

Et je ne le permettrai pas.

Une fois chez elle, elle claqua la porte et activa les sorts de verrouillage. Elle ne voulait aucune interruption : aucun démon séduisant qui débarquerait et démolirait les murs qu'elle avait érigés pour se protéger.

Je dois le sortir de ma vie avant de tomber encore plus amoureuse.

Pour cela, elle devait retrouver Francisco et sa mère et les renvoyer en Enfer, briser la malédiction et sortir Remy de sa vie pour de bon.

La porte se brisa lorsqu'elle fut heurtée par quelque chose, et Remy apparut, un mètre quatre-vingts d'arrogance masculine et d'ardeur brute.

Encore ? N'y avait-il pas une porte dans tout l'Enfer qui pourrait lui résister ?

— Mais où est-ce que tu te crois ? s'exclama-t-elle en se plantant devant lui, les mains sur les hanches.

— J'ai décidé de prendre exemple sur mon beau-père, puisqu'agir comme une mauviette et parler de mes sentiments n'avait pas fonctionné.

Ysabel recula d'un pas alors qu'il s'avançait dans toute la splendeur de cette énergie virile. Non. Ça devait s'arrêter. Il était peut-être séduisant, mais elle ne pouvait se laisser distraire.

— J'appellerai Felipe si tu poses la main sur moi.

— Bonne chance alors. Je l'ai vu dans le jardin qui traquait un rongeur géant.

— Et si je te transformais en crapaud ? dit-elle en levant la main d'un air menaçant.

Il sourit.

— Vas-y, mais garde à l'esprit que lorsque j'annulerai l'enchantement, je serai encore plus déterminé.

— Pourquoi fais-tu ça ? Je ne veux pas de toi. C'est ça le problème ? Ton ego est si grand que tu ne peux pas supporter qu'une femme te rejette ?

— Oh, que si tu veux de moi, ma petite sorcière sexy. Tu me veux tellement que ça te fait peur. Eh bien, j'ai une bonne nouvelle pour toi. Ça me fait peur à moi aussi. Mais ça m'est égal. Entre vivre avec toi et avoir des bébés démons ou te voir partir, mon choix est fait.

Pendant un instant, elle ne sut que répondre et le fixa bouche bée tandis que ses mots la pénétrèrent. Elle avait sûrement mal compris.

— Qu'est-ce que tu as dit ?

— Je te veux comme compagne.

Pas de malentendu cette fois. Elle réprima son exaltation en la confrontant à la froide et dure réalité.

— Tu vas me faire du mal.

— Fais-moi confiance.

Il en demandait trop.

— Je ne suis pas la femme qu'il te faut.

— Tu es tout ce que je veux.

Elle secoua la tête de peur que les paroles de Remy ne tissent un sort autour d'elle et endorment sa vigilance. Pourtant, malgré sa méfiance, l'espoir fleurit et l'amour la réchauffa. Comme il serait agréable de s'autoriser à l'aimer. À lui faire confiance.

L'expression de Remy s'emplit de tristesse face à son rejet.

— Je sais que c'est dur pour toi, petite sorcière, mais je te promets que tu n'as rien à craindre. À moins que l'idée de trop d'orgasmes d'affilée te fasse peur.

Et comme ça, il passa de l'homme réfléchi à celui qu'elle avait appris à aimer avec son sourire malicieux. Quand il se jeta sur elle, elle prit la fuite en criant comme une gamine. Pas loin cependant.

Avec sa foulée ridiculement longue, il la rattrapa rapidement et la jeta par-dessus son épaule en éclatant de rire quand elle frappa son large dos de ses poings.

— Garde un peu de cette énergie pour la chambre parce que tu ne partiras pas tant que tu n'auras pas admis que tu tiens à moi.

— Je te tuerai d'abord.

— J'adore les femmes perverses.

— Tu es impossible.

— Non, mais je suis excité.

— Comment sommes-nous censés rattraper ces âmes si nous batifolons ici ?

— Certaines choses sont plus importantes.

— Comment avoir des relations sexuelles avec moi peut-il être plus important que de ne pas t'enflammer demain ?

— Je veux bien qu'on me batte avec un chat à neuf queues, si tu admets simplement que tu m'apprécies.

— Je te déteste.

— Qu'à cela ne tienne. Je vois qu'on va devoir travailler là-dessus.

Il la renversa sur le lit, et se déshabilla rapidement avant de couvrir son corps du sien et la clouer au lit. Elle eut beau se démener et le pousser, il ne bougea pas d'un pouce. À la place, il lui prit ses deux mains dans l'une des siennes et les tira par-dessus sa tête.

— Tu admets que tu m'aimes bien ?

Elle lui lança un regard noir, les lèvres serrées pour ne pas laisser échapper par inadvertance qu'elle l'aimait.

— Une sorcière si têtue. Je suppose que nous allons devoir appliquer la méthode amusante.

Oh non. Elle ne pouvait pas le laisser appliquer ses méthodes sensuelles. Elle fondrait sous ses caresses déterminées et avouerait son amour, et ça sera fini pour elle.

Je ne peux pas lui donner le pouvoir de me blesser.

Mais comment faire pour l'arrêter ?

Lui jeter un sort ? Appeler mon chat pour le manger ?

Une multitude de choses lui traversa l'esprit, mais elle n'en tenta aucune. Pas avec son cœur tambourinant, son intimité palpitante, et la part d'elle qui espérait avec mélancolie qu'il soit sincère. Visiblement, sa folie familiale était contagieuse parce qu'elle ne se débattit pas du tout quand il se mit en tête de la séduire.

Il l'embrassa tout en saisissant le bas de sa chemise. Sa chemise à lui. Elle ne s'était même pas arrêtée pour se changer lorsqu'elle s'était ruée chez Lucifer. Son inquiétude pour lui l'avait emporté sur tout sens de la pudeur.

L'étoffe remonta, centimètre par centimètre, découvrant sa peau au regard de Remy. Il s'arrêta sous ses seins quand le tissu s'accrocha sous son dos. Ysabel sentit l'anticipation lui couper le souffle. Il ne déchira pas la chemise comme elle s'y attendait, oh, non. À la place, il baissa la tête et posa sa bouche sur sa poitrine couverte. La chaleur décadente lui en fit cambrer le dos et il en profita pour remonter le vêtement sur ses seins, dans une lente ascension qui s'avéra plus qu'exaspérante. Pire encore, il laissa le haut retroussé autour de ses bras et sous sa tête, de sorte que lorsque sa bouche quitta la sienne pour tracer un chemin de baiser le long de son buste, elle ne pouvait même pas le toucher pour le rapprocher. Même si la main qui agrippait ses poignets ne l'avait toujours pas relâchée.

Il la retint prisonnière et exposée sous son regard ardent et cette admiration brûlante, elle sentit ses mamelons se dresser en pointes dures tandis que son entrejambe se réchauffait. Inconsciemment, elle écarta les jambes pour accueillir son corps. Mais il ne se plaça pas sur elle comme elle l'aurait voulu et ne se pressa pas non plus contre elle pour soulager son intimité douloureuse.

Frustrée et impatiente, elle se cambra – hanches, seins, tout ce qu'elle put pour essayer de toucher son corps. Il resta hors de portée et elle ne put retenir un grognement d'impatience.

— Dis-le-moi, petite sorcière, dit-il en s'esclaffant.

— Soit tu me baises, soit tu me laisses partir, exigea-t-elle, pas prête à admettre quoi que ce soit, mais trop excitée pour ne pas en demander plus.

— Quel langage ! J'adore ça, déclara-t-il avec une étincelle dans le regard.

Il abaissa ses bras et les maintint sous ses seins alors qu'il descendait plus bas.

— Je ne te laisserai jamais partir, ma cougar impatiente. Et pour ce qui est de faire l'amour à ton corps délicieux, je le ferai, mais pas tant que tu ne m'auras pas dit ce que je veux entendre, dit-il en murmurant la dernière partie contre son ventre arqué.

Passant son visage et sa barbe naissante qu'il n'avait pas rasée ce matin, sur elle, il parsema sa cuisse de baisers, laissant son souffle chatouiller sa peau et lui faire cambrer les hanches. Il souffla sur le point lancinant entre ses cuisses, et elle cria avec désespoir tant elle le désirait.

Mais il avait d'autres idées en tête.

— Dis-moi que tu tiens à moi, chuchota-t-il contre son sexe.

— Jamais, refusa-t-elle les orteils recroquevillés.

Le coup de langue contre son téton la rendit folle.

— Dis-le-moi.

— Non.

Oh, mais comme elle le voulait. Se mordre la langue l'aida à ne pas lâcher prise.

Ils continuèrent ainsi, lui, en la taquinant et elle, en réfutant tout. Il augmenta à mesure l'intensité de sa torture sensuelle en devenant de plus en plus audacieux tandis qu'elle haletait et que chaque parcelle de son corps hurlait à la délivrance et qu'il lui demandait d'admettre ses sentiments.

Elle essaya de tenir bon, de tenir sa langue.

Pense à des choses horribles.

Elle essaya même d'invoquer sa magie, pourtant impossible alors qu'il continuait à la taquiner. Dévastée par le plaisir, privée de toute réflexion à part son désir pour lui, elle finit par lâcher les mots qu'il voulait entendre.

— Je t'aime, merde. Tu es content maintenant ?

Mais je ne veux pas. Oh, comme j'aimerais ne pas t'aimer, mais je t'aime.

— Ma douce Ysabel, gronda-t-il en se dressant au-dessus d'elle. Ma petite sorcière à moi.

Son sexe trouva infailliblement l'entrée de sa féminité et il poussa. Un coup de reins, deux, et sa chair lancinante se moula autour de son membre et se resserra autour de lui. Elle enfonça ses ongles dans ses épaules dès qu'il relâcha ses mains, s'accrochant à lui alors qu'elle chevauchait les cimes du plaisir. Elle cria son nom quand elle atteignit son apogée et des vagues de bonheur déferlèrent en elle.

— Oh, ma jolie sorcière, comme je t'aime, murmura-t-il en s'enfonçant une dernière fois pour se répandre en elle.

Pendant quelques minutes, elle abandonna sa résolution et s'autorisa à croire, à se prélasser dans la chaleur de son amour.

Ils restèrent unis, la respiration saccadée, le corps rougi de sueur. Un moment dont elle se souviendrait à jamais comme étant le plus beau, le plus agréable. Le moment qui avait scellé son destin.

Parce que maintenant que je l'ai admis, il a le pouvoir de me blesser.

Cette pensée l'effraya profondément.

26

Remy fut consterné par les larmes d'Ysabel. Elle avait admis l'aimer et maintenant elle pleurait. Silencieusement d'accord, mais quand même. Il n'avait pas prévu cela quand il avait imaginé lui extorquer des aveux.

— Qu'est-ce qu'il y a, sorcière ? S'il te plaît, dis-moi que ce sont des larmes de joie.

Elle le repoussa sur le côté et se leva, droite comme un piquet, tout son être criant « Ne me touche pas. ».

— J'ai besoin d'être seule.

— Parle-moi, Ysabel. Qu'est-ce qui ne va pas ?

— Tu as eu ce que tu voulais. Tu m'as fait avouer mes sentiments. Maintenant, pars.

— Je suis un peu confus. Je pensais qu'être amoureux était une bonne chose.

Il se leva du lit et se dirigea vers elle pour la forcer à lui faire face.

— Une bonne chose ? s'exclama-t-elle en riant avec amertume. En quoi est-ce une bonne chose de tomber amoureux d'un démon coureur de jupons ?

Combien de temps avant que tu me trompes et me brises le cœur ? Un jour ? Deux ? Peut-être que j'aurai de la chance et tu pourras me le cacher pendant quelques semaines.

— Tu es la personne faite pour moi, Ysabel. À partir de maintenant et jusqu'à la mort de l'un de nous, je ne toucherai à personne d'autre.

— Tu le dis de manière si convaincante, dit-elle avec tristesse. Mais n'oublie pas que je connais toutes les fausses promesses. Je les ai déjà entendus. Mais je ne comprends vraiment pas. J'étais d'accord pour te laisser prendre du bon temps avec moi et me quitter ensuite. Pourquoi a-t-il fallu que tu essayes d'en faire quelque chose de plus ? Ça ne durera pas et tu le sais parfaitement !

— Mais je te dis la vérité.

L'exaspération lui fit monter le ton, mais elle continua de secouer tristement la tête. Ne comprenait-elle pas comment cela se passait lorsqu'un démon se liait ? Que malgré leur réputation, une fois installés, ils n'avaient plus qu'une femme pour la vie ?

— J'aimerais pouvoir le croire. S'il te plaît, pars.

Elle s'écarta, mais avant qu'il ne puisse l'attraper et lui faire entrer un peu de bon sens dans la tête, une menace poilue sauta entre eux. Dents découvertes et grondant, ce satané Felipe le mit au défi d'approcher davantage.

— Ysabel. Appelle ton chat.

Sa sorcière lui tourna le dos et disparut dans la salle de bain, tandis que le félin, toujours grondant, continuait de s'approcher.

— Dégage de mon chemin. J'ai besoin de lui parler. De lui faire comprendre que je suis sincère.

Mais le chat de l'enfer n'était visiblement pas disposé à le laisser s'exprimer, et entre perdre quelques membres ou blesser l'animal de compagnie, Remy fit la seule chose possible : il tourna les talons et partit.

Une fois dans les couloirs du château, il essaya de comprendre à quel moment il avait bien pu se tromper. Elle lui avait dit l'aimer, et pour la première fois, il avait déclaré sa flamme à une femme en utilisant le mot commençant avec un A sans tomber raide mort.

Et dans la plus grande blague cosmique de tous les temps, son amour lui avait fait perdre sa sorcière.

Comment ? Comment est-ce possible ?

Et comment arranger les choses ?

Il était temps d'en discuter avec sa mère. Elle aurait sûrement un plan fou pour gagner la confiance de celle qu'il aimait. Il espérait juste qu'il n'aurait pas à se baigner à nouveau dans les boues de l'Obnoxious Swamp à nouveau. La dernière fois, il lui avait fallu des semaines pour éliminer la puanteur de ses cheveux, et ça ne lui avait jamais fait pousser une paire de cornes comme sa mère l'avait prédit.

Merci Lucifer.

27

Quand Remy partit sans même essayer de se mesurer à son chat, Ysabel éclata en larme.

Sale pourri qui prétend m'aimer.

Comment osait-il lui redonner de l'espoir ? Comment osait-il lui faire admettre qu'elle l'aimait ? L'idée de le tuer la séduisait de plus en plus, à condition qu'elle puisse trouver la force de le faire.

J'en suis incapable. Je ne peux pas mettre fin à ses jours.

Quelles lâcheté et faiblesse de sa part. Mais il lui suffisait de penser à ses beaux yeux et à son expression sérieuse pour perdre tout courage. Cependant, elle avait une amie qui pourrait l'aider.

En se dirigeant vers la tour de Nefertiti, tous les damnés errants sur son chemin, et même les démons, plongèrent au sol pour se mettre à l'abri. Peut-être était-ce sa mine renfrognée ou l'électricité statique faisant danser ses cheveux ou bien les boules de feu – une manifestation physique de son agitation – qu'elle n'arrêtait pas de lancer ? Quoi qu'il en soit, personne n'osa dire un mot ou se mettre sur sa route alors qu'elle se rendait chez son amie.

Elle frappa à la porte de la tour – et admira le nouveau heurtoir en forme d'homme à genoux avec les bras liés derrière le dos – et tapota du pied avec impatience en attendant. Il ne fallut qu'un court instant avant que le portail orné s'ouvre pour révéler la belle silhouette de Geoffrey, le majordome, au garde-à-vous. Au sens propre.

Nu, mis à part un pagne qui ne cachait pas grand-chose de son érection, un must pour le personnel de cet endroit, Geoffrey la salua.

— Si ma sorcière veut bien me suivre, Maîtresse attend dans le jardin.

Tournant les talons, le majordome s'avança dans le couloir, tandis que les muscles de ses fesses galbées remuaient. Normalement, elle se serait laissé aller à admirer un tel spécimen, même si elle n'avait jamais songé à le toucher. Mais, consumée par la pensée de Remy, la seule chose qui lui venait à l'esprit, c'était combien son démon arborait de bien plus belles fesses.

Ruinée ! Il l'avait ruinée au point qu'elle ne pouvait même plus admirer un autre mâle. Avec colère, sentiment désormais omniprésent, elle se dirigea vers le jardin et trouva Nefertiti assise dans un bistrot en fer forgé, sirotant une limonade tout en regardant son jardinier – et qui ne portait rien d'autre qu'un chapeau de paille, un petit pagne et des cisailles. Détournant le regard, Ysabel s'assit en face d'elle.

— Salut, Nef.

— Ysabel. Petite diablesse. Un petit lutin m'a dit que quelqu'un avait eu de la chance hier soir, mais si j'en crois ton sourire, ça n'a pas dû être si terrible. Je

suis étonnée. Remy a une technique impeccable...
d'après ce que j'ai entendu dire. Je ne l'ai jamais
essayé moi-même. Apparemment, appartenir à un
harem ne l'attire pas. Dommage pour lui.

Les doigts d'Ysabel se crispèrent sur la table alors
qu'elle luttait pour ne pas se jeter sur son amie d'oser
même songer à Remy d'une manière sexuelle. Quant à
sa question... elle n'était pas venue ici pour discuter
sport en chambre, mais connaissant Nefertiti, si elle ne
lui faisait pas une confidence, celle-ci trouverait un
moyen de la lui arracher.

— Nous avons eu des relations sexuelles. C'était
bien, admit-elle, ronchonne.

— Dans ce cas, pourquoi cette mine renfrognée ?
Il a fait sa petite affaire et a pris la fuite après ?

— Non.

— Il t'a fait avaler quand tu lui as dit que tu préférais cracher ?

Les joues enflammées, Ysabel lâcha un autre :

— Non.

— A-t-il essayé d'insérer son gros engin dans ton
autre petit trou ?

— Non.

— Alors, pourquoi es-tu si tendue du string ? Je
ne pense pas t'avoir vue aussi contrariée depuis que
Lucifer t'a acheté cette chaise vibrante qu'il aimait
tâtonner.

Ah, la chaise. Elle avait riposté à cette farce en
électrisant la sienne. Mais ça n'avait pas du tout fonctionné comme prévu. Au lieu de le faire beugler ou de
lui faire sortir de la fumée par les oreilles, son patron
l'avait remerciée d'un air sournois :

— Mon pubis n'a jamais été aussi bouclé. Merci.

Elle avait dû sauter le déjeuner et le dîner ce jour-là après cet aveu, et elle en frissonnait encore.

Laissant là ce souvenir désagréable, elle croisa le regard interrogateur de Nefertiti. Merde, elle attendait toujours une explication pour son humeur maussade.

— Il m'a dit qu'il m'aimait.

Nefertiti cligna des yeux, fronça les sourcils, ouvrit la bouche, puis la referma. Secoua la tête. Finalement, elle se gifla l'oreille gauche et répondit :

— Excuse-moi. Pourrais-tu répéter ? J'aurais juré t'avoir entendue dire qu'il t'avait avoué son amour.

— Oui, c'est ça.

Les yeux écarquillés, l'expression abasourdie, son amie s'adossa à sa chaise.

— Félicitations.

— Pardon. Tu n'as pas entendu ce que j'ai dit ? Le crétin a dit qu'il m'aimait.

— Oui, et c'est un véritable exploit. J'ai parié qu'il attendrait de devenir gris dans quelques centaines d'années avant de tomber dans ce piège.

— Mais c'est faux ! Il a simplement prétendu l'être.

Un pli marqua le front de Nef.

— Me voilà à nouveau perdue. Tu dis donc qu'il t'a menti en disant t'aimer ?

— Oui. Ça fait partie de sa ruse.

— Sa ruse ? Pour quel genre de plan ultérieur ?

— Je ne sais pas, mais je suis sûre que ça ne va pas me plaire, grommela Ysabel.

— Passons sa confession un instant. Que penses-tu de lui ? Est-ce que tu l'aimes ?

— Oui, le misérable bâtard.

Les yeux de Nefertiti se croisèrent et elle les ferma en prenant une profonde inspiration.

— Peut-être que je deviens lente avec la vieillesse…

— Jamais maîtresse ! s'écria une voix masculine.

—… mais je ne comprends pas la raison de ta colère. Il t'aime. Tu l'aimes. N'est-ce pas une fin heureuse ?

— Non !

— Et pourquoi ça ? demanda Nefertiti d'un ton exaspéré.

— Je connais la réponse, chantonna une voix familière.

Ysabel gémit et posa la tête sur la table.

— Jallayna, s'exclama Nefertiti. Quelle agréable surprise ! J'ai entendu dire que les félicitations étaient de mise.

— Oui, j'ai gagné contre tous ceux qui ont parié contre moi. Mon Remy a enfin trouvé une sorcière assez folle pour en tomber amoureux. N'est-ce pas merveilleux ?

— Vous êtes toutes les deux folles, marmonna Ysabel.

— Merci, répondirent-elles à l'unisson.

Levant la tête, elle regarda les deux femmes.

— Pourquoi est-ce que vous vous imaginez toutes les deux qu'il m'aime ?

Elles échangèrent un regard conspirateur, puis haussèrent les épaules.

— Remy n'avait jamais prononcé le mot avec un grand A avant. Du moins, c'est ce que disent mes sources, déclara Nefertiti.

— Et je vous ai dit que vous êtes la première fille qu'il ramène à la maison, ajouta sa mère.

— Et alors ? Je suis donc censée croire qu'il va arrêter de coucher avec tout ce qui a un trou entre les jambes et vivre avec moi ?

Deux hochements de tête furent sa réponse.

Et elle voulait tant les croire. Mais…

— Oh, ne t'avise pas de le comparer à Francisco ! s'exclama Nef. Remy n'a rien à voir avec ce salaud à deux visages.

—Mon garçon a de l'honneur, déclara Jallayna avec fierté. Il a aussi des manières. Il n'oublie jamais de lever le siège des toilettes pour faire pipi et il le repose toujours quand il a fini.

— Donc, vous pensez toutes les deux que je devrais jeter ma prudence aux orties et le croire ?

— Il est temps que tu fasses à nouveau confiance, déclara doucement Nef.

— Vous ne pouvez pas vivre éternellement dans la peur. Après avoir tué accidentellement le père de Remy, j'ai été folle de chagrin pendant longtemps. Et quand Jacko est arrivé, je ne voulais pas non plus me laisser aimer. Mais il m'a eue à l'usure, et maintenant, même si je suis encore un peu folle, je ne pourrais être plus heureuse, expliqua la mère de Remy en souriant. Oh et mon mari vous remercie de m'avoir informée des dernières tendances de la mode. Il adore que je ne porte pas de culotte.

Ysabel laissa là les deux femmes qui s'étaient mises à discuter des bienfaits de se promener les fesses à l'air. Ce n'était pas une conversation qu'elle était capable d'avoir avec la mère de Remy. Mais même si cette femme ne semblait avoir aucune limite, elle et Nef lui avaient néanmoins donné matière à réflexion.

Est-ce que je suis stupide ? Est-ce qu'il est temps que j'arrête de me vautrer dans la peur et que je reprenne confiance en moi ?

Le pire qui puisse arriver, serait que Remy lui brise le cœur. Mais le mieux était de vivre avec l'homme qu'elle aimait, ne jamais être seule et remplir à nouveau sa vie de rire. Les avantages, même s'ils étaient temporaires, ne valaient-ils pas la peine de prendre le risque ?

Elle devait arrêter de se comporter comme une poule mouillée au sujet de l'amour. Parfois, il arrivait qu'on se retrouve avec un minable qui vous brisait le cœur. Mais parfois, une sorcière touchait le jackpot et elle devait alors profiter de l'abondance tant que ça durait. Et puis il y avait des sorts pour faire tomber le pénis si un homme osait s'égarer. Mais comment le lui annoncer ?

Je me demande si je l'ai fait fuir définitivement avec ma crise de nerfs.

S'il l'aimait vraiment comme il le prétendait, il ne laisserait pas une crise de colère l'arrêter. En entrant dans le château, toujours perdue dans ses pensées, elle mit un moment à remarquer le diablotin qui voletait devant elle.

— Qu'est-ce que c'est ?

— Vous avez du courrier, ricana-t-il en lui tendant une enveloppe.

Elle l'arracha de la patte griffue, mais avant qu'elle ne puisse demander qui l'avait envoyé, la créature espiègle s'était envolée.

L'enveloppe rouge cachetée ne portait que son

nom. Elle vérifia qu'il n'y avait pas de trace de magie, et n'en trouvant aucune, elle l'ouvrit et sortit la missive.

Ysabel lut le mot deux fois, sûre d'avoir mal compris. Mais non, il n'y avait aucune erreur possible.

Nous avons ton amant démon. Soit tu trouves un moyen de nous faire sortir de l'Enfer, soit on le tue. Douloureusement. Ne fais rien, et nous le tuerons quand même avant de disparaître. J'espère que tu apprécieras de brûler vif pour l'éternité.

Si seulement je pouvais encore te regarder brûler.

Francisco

ENFOIRÉ DE BÂTARD ! COMME SI ELLE ALLAIT LE laisser s'échapper. Cependant, la partie qui lui glaçait vraiment le sang, c'était la menace.

Il détient Remy, songea-t-elle perplexe. Comment une minable âme damnée avait-elle pu faire tomber un guerrier du calibre de Remy ? Peu importe. Elle devait agir. Laisser Remy mourir, même si cela résolvait son dilemme, ne lui traversa pas un instant l'esprit.

Elle l'aimait. Il pouvait bien la blesser, prendre son amour et le piétiner, mais il n'en demeurait pas moins qu'elle ne pouvait le laisser mourir. *Je dois le sauver.* Mais comment ?

Sur le plan mortel, ses pouvoirs étaient diminués, et selon les termes de son contrat, elle était encore plus faible contre ses ennemis. Mais l'était-elle vraiment ? Le cerveau en marche, elle passa un coup de fil à son patron directement sur sa ligne privée.

— Est-ce que tu fais ça exprès pour m'irriter dès que je suis occupé à faire des choses importantes ? demanda-t-il sèchement.

À en juger par les gloussements, elle devinait ce que Lucifer faisait.

— Dis bonjour à Gaia pour moi, veux-tu ?

— Ce n'est pas drôle, sorcière, gronda-t-il. Quoi encore ? Je te l'ai déjà dit, je ne peux pas reprendre la malédiction.

— Je sais. Ce que je veux savoir, c'est si toutes les clauses ont été transférées.

Elle raccrocha une minute après, et se tapota le menton pensivement. Bonne nouvelle, mais elle avait encore besoin d'aide. La vie de Remy était en jeu et elle refusait de prendre le moindre risque. Elle passa un autre appel téléphonique. Deux en fait. Puis elle se prépara pour partir en guerre. Et pour ceux qui se posaient la question, il s'agissait d'une jupe courte, d'un haut dos nu et de talons. Contrairement à d'autres héroïnes qui sauvaient leurs hommes en jean déchiré avec un look de garçon manqué, Ysabel avait l'intention de le faire avec panache et dans une tenue affriolante parce que, si elle jouait bien ses cartes, non seulement elle mettrait fin à la malédiction, mais elle pourrait réclamer une récompense.

Et je sais ce que je veux.

Un accès facile, un démon reconnaissant, et elle, penchée en avant et voyant des étoiles.

28

Trouver Francisco s'avéra être facile. Il envoya un autre diablotin pour la guider. La répugnante créature à la peau verte insista afin qu'elle porte une amulette qui vérifiait qu'elle soit seule ; une faible magie qu'elle repoussa facilement.

— Il n'y a que moi, dit-elle en souriant à la créature. Emmène-moi chez ton patron.

Le chemin qu'ils suivirent à travers les cercles sinueux, lui donna envie de secouer le diablotin avec impatience. Comme si un stratagème aussi pitoyable pouvait arrêtait un traqueur dédié. Comme Francisco était ignorant.

Quand ils arrivèrent des heures plus tard à l'entrepôt vacant du côté des mortels, elle rit presque du cadre classique. Tous les actes infâmes devaient-ils être commis durant la nuit dans des régions désertiques ? À la réflexion, compte tenu de ce qu'elle prévoyait de faire après le sauvetage, ce n'était pas plus mal. Quant à l'échec, elle ne l'envisageait même pas. Elle sauverait Remy, renverrait Francisco et sa mère en enfer, puis elle ferait la chose la plus dangereuse entre toutes ; elle donnerait sa confiance à Remy.

Une harpie familière l'accueillit à la porte : Luysa, toujours vêtue de son costume médiéval composé d'une mantille en dentelle et d'une robe noire. Mais Ysabel n'avait pas de temps à perdre avec cette femme amère.

— Voici donc la garce. Va prévenir mon fils, ordonna la matrone au diablotin.

Ysabel scanda quelques mots et tendit la main. Le diablotin fut aussitôt enveloppé dans une bulle avant même d'avoir le temps de lancer l'alerte.

— Tu n'es pas censée être capable de faire ça. C'est le contrat qui le dit, bredouilla la harpie choquée.

Ysabel sourit lentement.

— Ce qu'il y a, c'est que quelqu'un d'autre a repris les termes du contrat. Surprise !

— Franci...

Ysabel lança rapidement un deuxième sort et enferma Luysa dans un cône de silence avant qu'elle ne puisse terminer son cri.

— Normalement, je serais restée te torturer en personne, déclare-t-elle. Mais, j'ai un démon à sauver. Oh, Jallayna !

Sortie de l'ombre derrière elles et masquée par la magie durant leur voyage, la mère de Remy apparut.

— C'est elle l'humaine qui aime jouer avec le feu ? demanda-t-elle en regardant Luysa avec ses yeux jaunes fendus.

— Oui. C'est aussi elle qui essaie de vous faire perdre votre pari en nous séparant Remy et moi.

Émettant un « tss-tss » tout en s'approchant, les yeux de Jallayna s'illuminèrent d'une violente folie qu'Ysabel trouva attachante. Voilà une belle-mère qu'elle pourrait aimer.

— Personne ne s'en prend à mon petit garçon.

La bouche ouverte dans un cri inaudible, Luysa se retourna pour courir, mais elle ne pouvait pas échapper à une mère vengeresse.

Ysabel agita ses doigts pour dire au revoir alors que Jallayna la dépassait avec sa récompense.

— N'oubliez pas de la ramener à la prison avant l'heure du déjeuner pour que Remy n'ait pas à se transformer en barbecue.

Un rire fou fut la réponse alors que Jallayna, avec Luysa nichée sous un bras, bondissait en direction du portail.

Une âme damnée éliminée, il n'en restait plus qu'une.

Prenant une profonde inspiration, Ysabel entra dans le bâtiment abandonné.

Il est temps de sauver mon démon.

29

ÊTRE PRESQUE HUMAIN ÉTAIT VRAIMENT GONFLANT. Tout en tirant sur la corde qui lui liait les poignets, Remy se demanda comment les humains arrivaient à supporter cela. Une simple corde qui maintenait un démon de son calibre en captivité ! Du moins durant plusieurs minutes. Il avait presque défait le nœud.

J'aurais dû lire les petits caractères.

Désireux d'épargner à Ysabel la douleur de sa malédiction, il n'avait fait que parcourir le document rédigé par Lucifer. Il avait signé avec son sang et s'était félicité d'avoir fait la chose la plus romantique qui soit. Mais, visiblement, il n'avait pas uniquement hérité le problème quotidien de la mise à feu, mais du package entier : la faiblesse d'un humain face aux âmes impliquées dans la malédiction.

Mais n'était pas si important finalement. Même si ses pouvoirs de démon étaient diminués et qu'il n'avait que sa force et son intelligence naturelle pour l'aider, Remy était tout de même déterminé à l'emporter. En fait, il avait hâte que son poing rencontre le sourire narquois de Francisco.

Son irritation face à ce mâle ne devait cependant que très peu à sa capture ignoble. En quittant la demeure de sa mère, perdu dans ses pensées, il était bêtement tombé dans une embuscade tendue par une douzaine de démons soudoyés — qu'il ferait livrer dès son retour en Enfer. Était-ce par vengeance, parce qu'il aurait couché avec leurs petites amies par le passé ? Ce n'était pas de sa faute si ces démons étaient incapables de satisfaire leurs copines.

Mais ce n'était pas ce qui le mettait en colère. Oh non ! Il avait enfin fait la connaissance de l'ordure aux cheveux noirs et au beau visage qui avait non seulement touché à sa sorcière, mais qui avait également osé lui faire du mal.

Il a blessé mon Ysabel. Chose intolérable pour lui. *Je vengerai ma sorcière.*

En parlant de ça, Ysabel devait se demander où il était passé. Est-ce qu'elle croyait qu'il l'avait abandonnée après lui avoir fait avouer ses sentiments ? Merde. Il espérait que non. Il s'était battu avec acharnement pour obtenir cette déclaration, alors mieux valait que rien ni personne ne gâche ses efforts.

— Toujours attaché à ce que je vois, déclara Francisco en ricanant. Voilà pour ta réputation de grand méchant démon. J'avoue que je ne comprends pas pourquoi il a fallu en faire tout un plat.

— C'est parce que tu ne regardes pas assez bas. Tout est dans la taille.

— Ysabel ne s'est jamais plainte quand je lui ai pris sa virginité. Elle était comme une chatte en chaleur.

— Vierge ? Tu ne m'as jamais dit qu'elle était vierge, hurla une voix féminine.

Francisco se tourna vers la femme corpulente et poussa un soupir agacé.

— Et alors ? C'était quand même une sorcière, et elle m'a envoûté.

Luysa pinça les lèvres.

— Je vais encore vérifier les portes. Je ne fais pas confiance aux protections magiques que tu as achetées à ce vendeur.

La matrone s'éloigna, laissant Remy seul avec l'objet de son irritation. Celui-ci vérifia à nouveau sa montre.

— Je n'ai pas l'impression qu'Ysabel a été aussi impressionnée par tes talents au lit. Le temps est presque écoulé et elle n'a encore rien fait pour te sauver.

Eh bien, au moins ça répondait à sa question : Ysabel savait qu'il ne la fuyait pas, et il lui donnerait en personne une bonne fessée si elle s'avisait de se mettre en danger en essayant de le sauver. D'autant plus que ça reviendrait à le ridiculiser devant tous les démons.

— Lâche-le sinon.

Remy gémit en imaginant les railleries qu'il aurait à supporter. Quel mâle s'autorisait à être sauvé par sa femme ?

— Qu'est-ce que tu fais, Ysabel ? Tout est sous contrôle.

— Vraiment ? Parce que vu d'ici, on dirait que tu es attaché.

Elle lui apparut, affichant un sourire calme et vêtue d'une tenue qui aurait été encore mieux sans.

— Bah, comme si une corde pouvait me retenir.

Il écarta les bras et lui montra ses mains libérées, juste avant de sentir une pointe acérée contre sa nuque.

— Bouge et il meurt ! cria Francisco.

La sorcière croisa les bras avec nonchalance et lui adressa un sourire narquois.

— Je ne crois pas. Ce démon m'appartient, et je le préférerais en un seul morceau. Alors, éloigne ce poignard avant que je te blesse… ou pas. Mais sache que si tu l'égratignes, ne serait-ce qu'un tout petit peu, je ferai en sorte que ton retour en Enfer soit encore plus douloureux.

— Je savais que tu tenais à moi, triompha Remy.

— Apparemment, la folie dans ta famille est contagieuse, répondit-elle sèchement. En plus, comme tu m'as forcée à admettre que je t'aimais, j'ai réalisé que je ne pouvais pas laisser Francisco te tuer : ça, c'est mon privilège personnel.

— Tu dis les choses les plus douces qui soient.

— Mais j'ai une saveur encore plus douce, répliqua-t-elle.

Malgré le couteau sous sa gorge, Remy se durcit à ce souvenir. Il était temps d'en finir.

— Suffit ! s'écria Francisco. Soit tu demandes à Lucifer de me laisser partir, soit le joli cœur mourra.

Ce petit bâtard osait les interrompre, lui et sa sorcière, alors qu'elle admettait publiquement qu'elle l'aimait ? Pas question.

Remy balança son coude en arrière, se retourna puis se pencha en attrapant la main de Francisco qui brandissait le poignard. Il la tordit derrière le dos de l'âme damnée et le mit à genoux.

— Excuse-moi, ma petite sorcière. Tu parlais de plaisir et d'intimité ?

Les lèvres relevées et les yeux scintillant de joie, Ysabel répliqua :

— J'aurais dû le laisser te tuer.

— Mais alors qui t'aimerait et t'adorerait pour l'éternité ?

— Tu n'es pas obligé de répéter ça constamment.

— Oh que si ! Et parce que tu sembles avoir du mal à me croire, je suis même allé chercher le contrat pour le prouver.

— Tu, quoi ?

Francisco choisit ce moment pour se tortiller et crier des obscénités. Remy fronça les sourcils.

— J'étais en train de parler.

— C'est très grossier d'interrompre les gens, convint Ysabel en s'approchant de lui. Je passerai te rendre visite plus tard, Francisco.

— Nous viendrons ensemble.

— Et d'ici notre petite visite pour te remercier de nous avoir réunis, j'ai envoyé mon chaton t'accueillir dans ta cellule. Il a hâte de faire ta connaissance.

Remy s'esclaffa. Voilà une sorcière qui s'intégrerait parfaitement dans sa famille.

Ysabel étiqueta l'homme qu'elle avait cru aimer un jour et qui lui avait fait tant de mal, sans même prendre la peine de le regarder disparaître. Remy fut soulagé de voir qu'il ne signifiait plus rien pour elle. Moins que rien, en fait. Mais la façon dont elle le regardait... cela lui coupa le souffle. Arrêta son cœur.

Dans ses yeux, il vit la peur, mais aussi l'amour et le désir. Il était temps de lui montrer à quel point elle comptait pour lui.

— Avant de me couvrir de baisers pour t'avoir sauvée…

— Je pense qu'on pourra convenir que j'ai aussi joué un rôle.

— Pas quand je raconterai ma version de l'histoire. Mais nous pourrons en discuter plus tard, nus. Comme je te le disais, j'ai quelque chose pour toi.

Remy sortit la feuille de sa poche arrière et la déplia. Au départ, il s'était inquiété que ce soit trop court. Mais comme Lucifer le lui avait assuré en le rédigeant, moins il y avait de clauses, plus il avait d'engagements.

Il le lui tendit et attendit, s'agitant en la voyant garder le silence. Il le lui arracha alors presque des mains, et trébucha en arrière quand elle se jeta sur lui.

30

> *Moi, Remy, le démon le plus redoutable de l'Enfer, déclare aimer la sorcière Ysabel au caractère fougueux et tout et tout, pour l'éternité. Je ne la quitterai jamais. Je ne trahirai jamais sa confiance et je ne ferai jamais rien pour lui faire du mal sous peine de mort définitive.*
> *Je le jure dans le sang,*
> *Remy*

UN SIMPLE CONTRAT QUI, PAR SON ABSENCE DE clauses et de sous-éléments, l'intimida.

— Tu m'aimes à ce point ?

Il la regarda avec incrédulité.

— Bien sûr que je t'aime à ce point. Est-ce que j'aurais fait tout ça si ce n'était pas le cas ?

— Eh bien, tu es apparenté à une femme folle.

— Oui, et c'est peut-être de la folie de ma part de t'aimer, mais c'est ainsi. Tu penses que n'importe quelle femme pourrait m'inspirer assez d'amour pour que j'accepte d'affronter une fichue malédiction douloureuse ? Ou la présence d'un chat géant mangeur de démons ? Je sais que tu as des problèmes de confiance et que je n'ai peut-être pas mené le genre de vie qui en inspire, mais je vais te prouver que tu peux me croire. Je veux que tu m'aimes.

— Je te crois. Et je t'aime. Il n'y a que toi que je viendrais sauver les fesses à l'air.

Ses sourcils s'arquèrent.

— Tu es venue combattre en jupe sans sous-vêtements ?

Un lent hochement de tête fut sa réponse.

Remy sourit, puis fronça les sourcils.

— Ne le refais plus. Sais-tu combien de démons vivent dans les égouts et auraient pu regarder sous ta jupe ? Je ne veux pas qu'ils regardent ce qui m'appartient... À la réflexion, jette tous tes sous-vêtements. Je dirigerai moi-même la purge des égouts afin que tu puisses te promener les fesses à l'air pour mon plus grand plaisir.

— Tu es fou, dit-elle en riant.

— Fou amoureux de toi, convint-il. Mais je te préviens, nous devrons dîner avec ma folle de mère au moins une fois par mois.

— Ou plus souvent. J'aime bien ta maman. Elle a une façon rafraîchissante de voir le monde.

— Oh non. Ne me dis pas qu'elle a déjà déteint sur toi, gémit-il en la prenant dans ses bras.

Elle se blottit contre lui. C'était là où était sa place.

Mais elle avait une question.

— En tant que mon nouveau... comment devrais-je t'appeler d'ailleurs ? Petit ami ? Démon avec qui je couche ?

— Tous ces termes sont acceptables pour moi. Ton tiens. Copain. Mari. Divin goûteur de ton...

Elle plaqua une main sur sa bouche.

— Je vais m'en tenir à compagnon.

— Et moi ma super sexy touche-la-tu-meurs, fabuleuse cougar sorcière qui déménage.

— Je te défie de crier ça cinq fois de suite sans bafouiller.

Il le fit à la grande incrédulité d'Ysabel.

— Je te l'ai dit, j'ai une langue très agile.

— Je m'en souviens.

Aussi bien elle que son minou.

— Dans ce cas, qu'est-ce que nous faisons encore ici chez les mortels, au lieu d'être chez toi en train de baiser comme des bêtes en rut ?

— Pourquoi attendre ? Je ne suis pas venue habillée comme ça pour rien. Et je ne vois personne autour de nous, dit-elle en lui adressant un sourire provocateur.

— Vilaine sorcière, gronda-t-il.

— Non, ça, c'est vilain.

Elle s'écarta de lui et se retourna avant de se pencher en avant, mains sur les cuisses en le regardant par-dessus son épaule. Sous le regard ardent de Remy, le cœur d'Ysabel se mit à battre à toute vitesse.

— Petite sorcière coquine. Qu'est-ce que je vais faire de toi ?

— Me faire l'amour ?

— Absolument.

— Me faire jouir ?

— Ça va sans dire.

— M'aimer ?

— Toujours et à jamais.

Puis il fut en elle, la caressant de sa dureté, la remplissant, la touchant, murmurant les mots qu'elle s'autorisa à croire. Ils jouirent ensemble dans une intensité explosive, liés pour toujours par contrat, choix et surtout par amour.

Un démon et sa sorcière, ensemble, pour toujours et à jamais.

ÉPILOGUE

Sourire démonique aux lèvres, Lucifer détourna son attention du couple – pouah – comblé à l'écran. Il avait réussi. Il avait uni la plus grande plaie de l'Enfer à un infâme démon coureur de jupons. Ses doutes initiaux, quand il avait mis son plan « Augmenter ma population démoniaque » à exécution, paraissaient à présent risibles. Cupidon et son arc pouvaient se rhabiller. Lui, le plus grand et le plus diabolique souverain de tous les temps possédait manifestement un don pour unir les gens. Sans parler du fait que de nombreuses femmes étaient maintenant disponibles. Mieux encore : il s'était débarrassé de cette foutue sorcière. Pas pour longtemps cependant : elle était trop douée dans son travail, ce qui signifiait qu'il allait devoir la réembaucher, probablement avec un meilleur salaire. Mais pas tout de suite. Il se laissait une semaine pour s'amuser avant de faire revenir le dragon.

Mais si Ysabel pouvait conserver son emploi, Remy, lui, demanderait probablement des missions plus près de chez lui. Heureusement, un poste d'instructeur venait de se libérer – Lucifer avait tué le précédent pour avoir frappé une de ses filles – ce qui lui conviendrait parfaitement. S'il ne pouvait envoyer Remy sur le terrain, il devrait se contenter des agents formés par celui-ci. Sans parler du fait que si Remy pouvait travailler près de chez lui et *prendre soin* de sa nouvelle épouse, la sorcière pourrait commencer à pondre des bébés à tout moment. Quel mélange puissant que ces deux-là : des petits démons/sorciers pour les rangs de l'Enfer. Son plan se réalisait.

Avec son armée décimée en grand nombre à cause de sa récente guerre avec Lilith, il avait besoin de se reconstruire. Avoir des démons grunt était facile : ils valaient un sou la douzaine, mais étaient plus bêtes que des cailloux. Ce dont il avait besoin, c'était de soldats plus intelligents et dotés de magie. Cependant, ses démons, sorcières et autres êtres magiques qui peuplaient l'Enfer semblaient déterminés à s'éviter.

C'était à lui, Seigneur de la fosse, et maintenant, Roi Faiseurs de ménage, d'associer des démons dignes et loyaux aux femmes qu'il convenait. L'accouplement forcé n'était pas envisageable, car, comme l'expérience l'avait prouvé, les couples amoureux produisaient plus de descendants, du moins dans la fosse. C'était immonde. Encourager l'affection et les relations saines allait à l'encontre de ses principes, mais il ne pouvait nier les résultats.

C'est ainsi qu'il avait décidé de manipuler les événements. Qui d'autre que le Seigneur des Enfers pouvait aider cinq prisonniers à s'évader sans que personne n'en sache rien ? Bien sûr, il les avait utilisés, mais ils devraient s'estimer honorés d'avoir servi à un objectif plus grand : son but.

Mais un seul couple ne suffisait pas à lui donner tous les enfants dont il aurait besoin pour créer sa prochaine génération de défense. Il lui fallait d'autres couples puissants, ce qui signifiait un nouveau projet. Mais qui torturer à présent avec cette petite chose insensée appelée l'amour ?

En entendant un rire strident – à la limite de la folie – et la choquante réplique « Mais c'est quoi ce bordel ? » provenant de son soldat le plus posé, Lucifer afficha un large sourire. Oh oui. Il savait exactement qui : un démon et sa furie. Quel match exaltant ce serait !

S'ils ne s'entretuaient pas avant.

Il se frotta joyeusement les mains.

L'heure du deuxième round dans le jeu des rencontres de l'Enfer.

PENDANT CE TEMPS DANS UNE CELLULE SITUÉE À plusieurs niveaux plus bas dans la célèbre prison de l'Enfer, un énorme chat de l'enfer se léchait les pattes alors qu'un tas sanguinolent gémissait dans un coin.

Faire du mal à sa maman adoptive ?

Reprenant sa forme humaine, Felipe se tint au-dessus de l'enflure qui avait regardé Ysabel brûler vive des siècles plus tôt. Il aurait aimé pouvoir faire davantage souffrir Francisco. Comment cette merde pleurnicharde avait-elle osé faire du mal à la femme qui avait recueilli un chaton solitaire pour lui donner un foyer aimant ?

— La prochaine fois que tu auras l'occasion de t'échapper, grogna-t-il, tu ferais mieux de te jeter dans l'abysse parce que si jamais on se revoit, je ne serai pas si gentil.

Il se métamorphosa à nouveau en chat poilu, et s'éloigna en réfléchissant à ce qu'il comptait faire ensuite. Avec sa maman qui sortait à présent avec un démon capable de prendre soin d'elle, il allait avoir plus de temps pour s'amuser, car contrairement à Remy et à d'autres hommes idiots, aucune femme ne le mettrait jamais en laisse.

Fin (de cette histoire)

Mais le plaisir continue avec *Un démon et sa furie*

www.ingramcontent.com/pod-product-compliance
Ingram Content Group UK Ltd.
Pitfield, Milton Keynes, MK11 3LW, UK
UKHW042002230426
12048UKWH00009B/482